# 人は鏡

叶う叶わないじゃなくて、
恋することに意味がある

振り回されるより振り回せ

ワンピース ¥23,000（RELDI／豊島）、イヤリング¥9,800（somnium）、その他スタイリスト私物

何かを得るには
何かを失うぞ
覚悟を持て

トップス¥25,000(ともにRUMBLE RED／ランチフィールド)、リング¥13,200(somnium)、その他スタイリスト私物

信じるのは
自分だけで
よくなーい？

# 人のせいにするより
# まずは自分を疑え

バングル¥13,000（somnium）、ピアス¥29,000、リング¥20,000（Lana Swans／SUSU PRESS）、その他スタイリスト私物

どうやったら
相手に選ばれる
人間になれるか
考える脳を持て

カーディガン¥10,000（oblekt／oblekt カスタマーサービス）、その他スタイリスト私物

てんちむ

# 私、息してる？

自由に
させろ

もっと

（生き）

自信

CONTENTS

私の**人生**を
振り回していいのは
私だけなのだ

P092

一生忘れられないよう
相手の脳みそに
**爪痕を残す**

P104

選べないのではなく
選べる立場の
人間になれ

P110

現状に満足してしまったら
上に登れないから、
常に**腹八分状態**
が良い

P140

**家族**の模範回答
なんてない。
血縁に囚われるな

P160

神なんてな、
本当に助けて
欲しい時に
どんなに心底願っても
助けてくれねぇからな！
都合よく願われる神も
大変だからな！
信じるものは己じゃ

P182

**幸せじゃない**
からこそ
頑張れる

P200

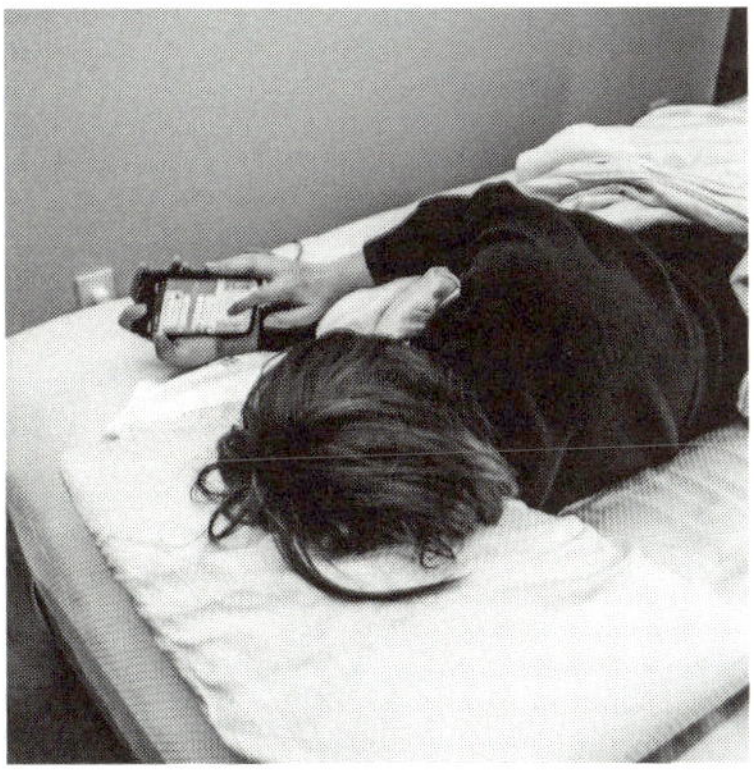

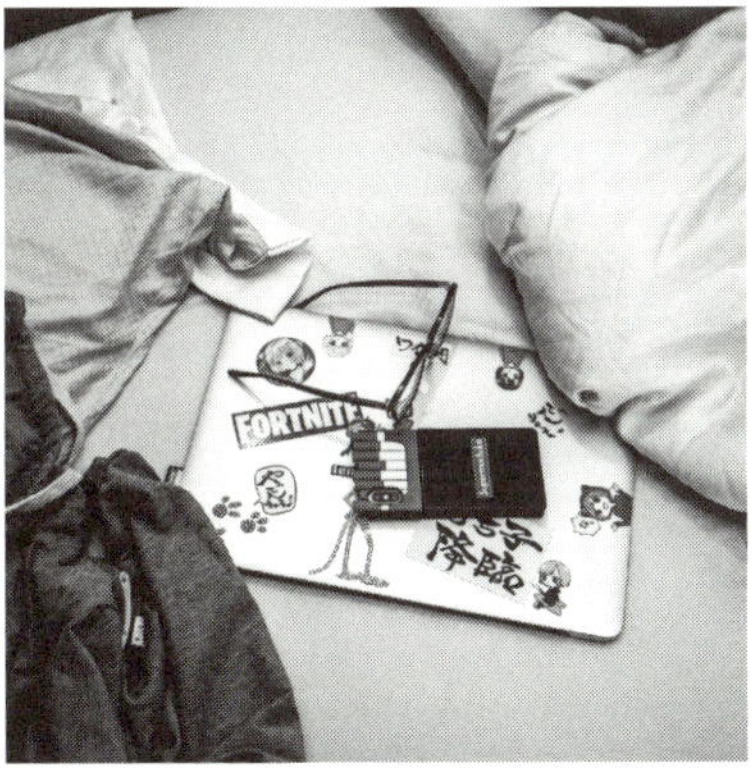
FORTNITE
降臨

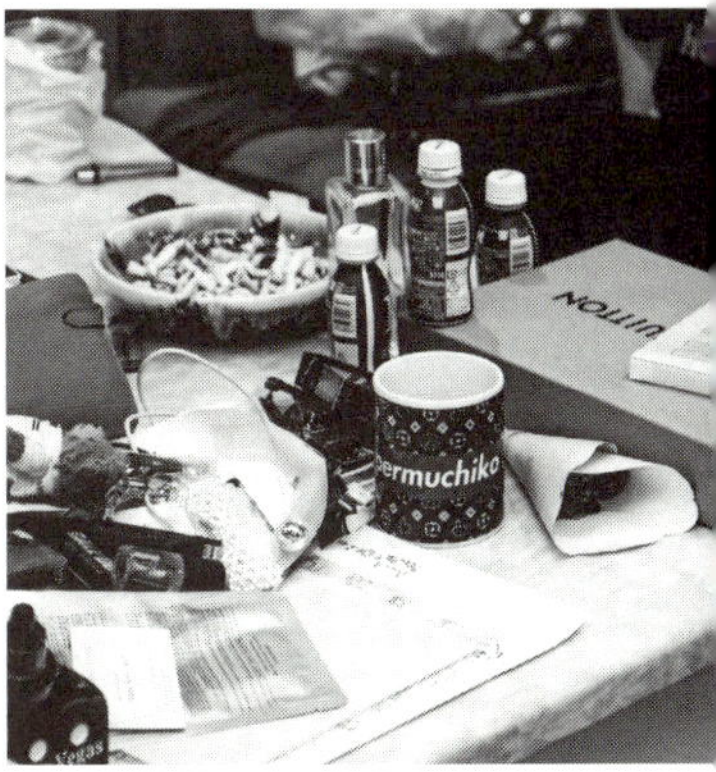

人に必要
とされていない
気がして
さみしい。

生きてる
意味分か
らない。

生き
がいって
なに？

夢も
ない。

このまま
何の変化もなく
年をとって
死ぬのかな

仕事
したくな
い。

学校に
行きたく
ない。

努力する
のがめんど
くさい。

どうせ生きて
いくんだから

諦めろ

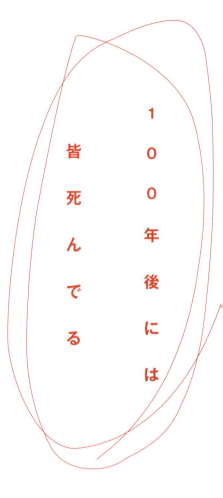

# 100年後には皆死んでる

まず、この本を書くにあたって。

私は自分の持っている思考、行動、全てを否定されることが多い人生でした。でも近頃、インスタグラムのQ&Aやユーチューブで質問返しをしていると、「私の考えは誰にも受け入れてもらえず、口に出せなかったのですが、てんちむちゃんも同じ考えということが分かって、すごく勇気が出ました」と、共感してくれる人がたくさん出てきてくれて。そんな私と同じ境遇の人に向けて、自分の思考をシェアハピして広い世界に目を向けて欲しい！と思い、みんなからもらった質問をベースにしてこの本を書くことにしました。

そもそもの話なんですけど、夢や目標を持てって言われてみんな生きてると思うんだけど、学校に自ら行きたい人、仕事したい人、生き甲斐や夢がある人って少数だと思う。だからと言ってそんな人は〝生きる価値ない〟にイコールはしない。

生きることに対しての意味だとか、人生とか幸せとか、向き合えば向き合うほど私は分からず迷走してしまう。だから、たまたま生命を持つ生き物だから生きている、と思うようにした。

どうせ生きていくなら、どう生きていくかを考えた方が良い。人生は選択の連続。そして、既に私たちは「生きる」と言う選択を取っている。

**私は「別に明日死んでもいい」っていうマインドで息してる。**

実際明日死ぬってなったらそりゃもちろん消化不良なんだけど、あくまでも〝マインド〟の話。

私の脳みそってマイナスなことの方が記憶に残りやすい。気がつけば、生きてきて楽しいとか幸せっていう感情よりも、辛いとか苦しいの感情が多かった。だから**「もう人生どうでもいい、どうにでもなれ」そう思うことが増える。**

生活不規則ヘビースモーカー、そんな生活をしてると最近は病気も怖くなってくる。たまに「人間ドック行ったとして大きい病気になってたらどうするかなー」なんて妄想する。

そしてその時に**「もし病気になってたらお金パーっと使って『遺書』って本書いて売って印税は家族に渡してー」なんて考えられた時は最高のメンタルの時だ。無双。**

遺書を書くまであと80年かもしれないし40年かもしれない。でもどうしたって人なんか100年もたてばみんな死んでる。150年もたてば自分のことを覚えている人さえいなくなる。

今の感情も嫌いな人も一生関わっていくわけじゃないし人生単位で見たら一瞬だ。だって3年前や5年前の悩みを覚えてますか?今でもそれに悩んでますか?

どうせ私たちは生きていく。なら、どう生きていくか考えたほうがいい。そういう風に考えたら少し楽になったし、また無双。

**無双の時は、生きてもラッキー、死んでもラッキーだ。**

Q

生きてても楽しいことがありません。なぜ生きてるのか分かりません。
毎日死にたいと思ってます

A

生きてる意味は特になし。
生きてる間にその意味を見つけられればラッキー程度。
そのうち死にたいを超える生きたい何かに出会えます

Q

嫌いな人とどうやって
接しますか？

A

まず
嫌いな人と接さない。
考えるだけ時間の無駄

Q

今まで生きてきて成功体験が全然ありません。
夢や目標を叶える秘訣ってありますか？

A

純粋に夢や目標の
ハードルを下げる。
そしたら
嫌でも叶う

Q

我慢することってありますか？
どんな時？

A

我慢してることに慣れて我慢の感覚がなくなってる。
我慢っていうか、諦めてるかなぁ、全部

Q

ひとつの事をやり遂げること、
様々なことにチャレンジし続ける
こと。どちらがより勇気の要るこ
だと思いますか？

A

前者

Q

誰にも嫌われずにいるって無理なことですよね?

A

9割から好かれることはできると思うけど、自分で自分を嫌いになりそう

Q

人生のどん底。どう乗り越えますか?

A

一刻も早くその環境、気持ちを打破

Q

学生時代、どんな将来を想像して、これがやりたい!とかってありましたか?

A

〝これがやりたい!〟ではなく、〝これはやりたくない〟を意識。やりたくないことを避けて息してる

Q

みんな自己顕示欲にまみれすぎて気持ち悪いし、
自分も振り回されててキモい

A

キモいって
気づけてるだけ良いよ

Q

ブスだしデブだし
死にたいって
思っちゃいました。
どうすればポジティブに
生きられますか？

A

死にたい理由が
明確なのに
何故美の努力を
しないのか
逆に疑問

Q

自分の価値観を否定されて萎えてます

A

理解しようとしない人と
分かり合うのをやめる

Q

自分の人生この選択をして
よかったのかな?って
不安になる時ありませんか?

A

選択が大事じゃなくて
選択後の行動こそ命。
この選択して良かったと
意地でも思えるように
選択後の行動に
人生賭けてる

Q

どうやってそんなに強くなったんですか?

A

諦めることを覚えて
人生どうでもよくなってから
メンタル鋼

Q

# 嫌われる勇気ってどうやったら持てますか？

A

自分を信じる。

人にいい顔して苦しむくらいなら嫌われた方が楽。

その分好きになってくれる人は沢山いる

Q

# 持ってるお金は使うべき？

A

金は使わなきゃただの紙

Q

今の自分の人生に
満足していますか?

A

不満足で不完全だから
高みを目指して息してる

Q

自分の噂などを
気にしますか?

A

クソどうでも良い
噂よりも真実が
大切。噂信じる奴
はまぁそれまで!

Q

世の中に「才能」というものはあると思いますか?

A

ある。
でも自分の才能を自覚して活かせる人は
わずかしかいない

Q てんちむのモットーって何？

A 常に現世を捨てて生きる

Q 負け組と勝ち組の差は何？

A 正直気持ちの持ちようだと思う。
世間から見た勝ち組でも
心は負けてるとかあるし

Q 天才てれびくんに
出ていた時の感情を
知りたいです

A 最初は楽しい嬉しいばかり
だったけど、気がつけば
普通の子になりたいって
葛藤が凄かった

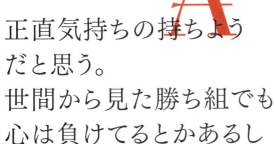

生きてること
自体が
コンプレックス
だから、

生きてもラッキー、
死んでもラッキー

# 当たり前を疑え

よく「常識を疑え」なんて言うけど、マジでそう思う。

振り返れば小学校高学年、写真集の撮影で際どい水着を着用するのが凄く嫌で抗議したら、「皆が通る道」とさもやって当たり前かのように教えられた。その数年後、児童ポルノ法ができ、〝当たり前〟と教えられたものが法律で禁止された。

またこの前、『ミステリと言う勿れ』(田村由美(2018)・ミステリと言う勿れ(2)小学館)という漫画を読んでたら、「日本はいじめられっ子が心を病んで学校に行けなくなったりカウンセラーに行ったりするけど、別の国ではいじめる側がおかしいからいじめた方が学校に行けないしカウンセラーに行く」って内容があった。確かに。なぜこの国はいじめられた側が不登校だったり、心の病を抱えなきゃいけないのか。

家庭環境は人それぞれなのに親孝行したら偉いとか、結婚するのが当たり前とか、その風潮はどこから来るんだろう？って考えた時、きっと人の目を気にすることから始まったのかなって。

人はいつから人の目や評価を気にして生きるようになったのだろうか。きっと正解なんてないのに、なぜ肯定派・否定派に分かれて自分の意見を押し付け合うのか。

育った環境、見てきたもの、感じてきたこと、人それぞれ違うのだから各々の考えがあって良いのに、それが本当の価値観であるのに、多数決で流されて自分を否定し、「普通の考え」になろうと数の多い方に合わせてしまう人が多い。なんで人間ってそうなんだろう。なんかすげぇ生きづらい世の中だなと思う。人間は白黒だけじゃなくて十人十色でいいしむしろそれが普通、そんな風に人が考えられる生きやすい世の中になればいいのに。

私は今でも「価値観を押し付けるな」と思う。

そもそも皆が皆、自分と同じ思考を持ってる訳ではないこと。価値観も違くて当たり前。一緒な人なんて滅多にいないからこそ、理解せずとも否定する必要性もない。

幼稚園児とかの発想力とか好奇心って凄い。でも、歳を重ねるに連れ「モラル」「常識」「普通」などを覚えさせられて常識に囚われ、自分の思考範囲もその中でしか考えられず狭まるからこそ年々発想力も失われるのかな、なんて。

だけど当たり前と自分が思ってる常識を疑うと、どんどん思考も豊かにな

「そんな考えもあるよね」なんて、人は人、自分は自分って相手のことも受け入れられるようになる。

るし自分が色々な考えができれば人に対しても

# 恋愛における依存

と執着って
何も
生まれない

Q

都合のいい女になるのって、良くないと思いますか？

A

自分がいいなら全然良くない？

Q

好きな人が
2人できてしまったら、
どうしますか？

A

好きな人は1人って
誰が決めたの？

Q

恋愛依存症って治ると思いますか？

A

恋愛体質や
恋愛依存は治る
（私がそうだったから）
でも依存体質は
治らない

Q

大好きな彼氏にフラれても人生楽しいよな??

A

世の中男が全てじゃないからな!!自分が全てじゃあああ!フリーダムハッピー

Q てんちむにとっての「かわいい女」とは?

A 無邪気で素直。最強

Q

てんちむの忘れられない恋は？

A

バイオハザードの協力プレイでミスったら台所の包丁で小指を詰められそうになった恋・15歳

Q

好きな人と毎日会いたいですか？

A

何事も腹八分目。旅行も恋愛も食事も何事も腹八分が一番良い。
まだいたいな、寂しいなって思うからまた会いたくなる。
満腹になったらおかわりできなくなる。
安心感と危機感は紙一重だと思ってるからこそ
たまに会うからこそトキメクし可愛く居られるからたまに、が好き

Q 失恋して、この世の終わり、
死んでしまいたいくらい辛い、
何も手につかないっていう気持ちになったことはありますか？

A 失恋する時は
毎回その感情に襲われるんですよね。
でも一瞬じゃないですか。
1年後も同じ感情じゃないし。

# どうせ1年後にも息してるし

Q 好きな人を追ってて
バカバカしくなったことありますか？

A 数年後に忘れてる
相手ごときに振り回されて
精神傷つくのアホらしい
と思って脱メンヘラした

Q

都合のいい女
やめたいです

A

私が「禁煙します」って
いうのと同じで結局
自分の意思がどこまで
強いかだよねー

Q

同性の恋愛についてどう思う？
てんちむが仲の良い女性から告白されたらどう思う？

A

偏見はないし理解はある。
ただ私は男が好き

Q

「過去の経験から
人を好きにならない」
と言ってたけど、
そんなこと本当に
可能なんですか？

A

好きにはなるけど
溺れない。
自分が傷ついて
心底病むほど
恋愛に振り回されない
って意味で、
人はもちろん
好きになるけど
程よい距離感と
バランスを意識する

Q 恋愛って疑いながらするもの?

A この人になら裏切られてもいいやって思える人と出会えたら自然と疑わない

Q 大事に思えば思うほど好きになってはいけない気がする。人を愛してぇ

A 私も君もまず自分を愛するところから始めないとダメなようだな

わかるよ〜わかるよ、その気持ち

Q ストーカーから彼女に昇格しました。
でもその時の癖が抜けず、
今でも相手のことを全て調べたくなってしまいます。
本人に聞けば教えてくれるようなこと
(今日お昼を食べた店や、今通っている美容室、使っているシャンプー等々)も
全て調べてリストにまとめています。
新しいことを1つ知る度に物凄い幸福感に満たされてしまい、
交際して2年経つ今もやめられません。
どうすればストーカー癖は止められると思いますか?

A それはある意味性癖に近いものがあると思うからやめられないと思う。
でも幸せの形は人それぞれ。
彼氏も理解してるなら
無理してやめなくていいと思う

# 恋愛＝精神不安定

10代は今じゃ考えられないほど「恋愛第一」に生きていた。歳を重ねるにつれそれっぽい恋愛もしてみたけど結局、楽しいことよりも喧嘩や別れなど、辛いことが多かったりで、私の中で「恋愛＝精神不安定」というイメージがついてしまった。

10代で付き合った人はダメンズが多かったけど、振り返れば自分もクズだったわけで。好きなはずの彼氏の愚痴ばかりこぼしたり、時には私情を仕事に持ち込んでしまうくらい恋愛に振り回されたりしていた。常に相手に依存していたのだ。

私の恋愛を親に話すと必ず言われるのが「いい男と出会いたかったら自分

**がいい女になりなさい」**。「人は鏡」というか、当時の私は気づけば自分と同等のレベルの人としか付き合っていなかったのだ。自意識過剰の私は恐ろしいことに、当時の自分をクソどころかいい女だと勘違いしていたせいで、自分の欠点に気づかずマイナスな恋愛を繰り返す。

**恋愛第一だった私は、男を忘れるために依存先を男からゲームに変えた。**そしたら世界ランカーになる程依存したけど、ゲームは本当に楽しくて精神不安定にならないし、良いことだらけだった。結局私は〝それ〟を超える何かと出会ったら無意識に依存してしまう体質なんだろうなぁ。

その時、気付いた。いずれどうでもよくなってしまう男に何故こんなに自分が振り回されていたのだろうか、いつか冷めてどうでもよくなるから一瞬の感情で振り回されるのはやめよう、と。

私は恋愛して好き度が上がると一瞬の気持ちに惑わされ結婚したい！ってなってしまうけど、いざ本当に婚姻届を持って来られたらもちろんそんな覚悟はない。でも、そのくらい好きでも別れてきた訳であって、気がつけばどうせ別れると思いながら恋愛をしている。どうせ別れるから相手を大切にできない反面、どうせ別れるからこそ有意義に過ごしたいとも思える。

## てんちむとは／作家・原田まりる

甜歌ちゃんと最初に会ったのは、カードゲームの朝番組の収録。

当時はまだ17歳くらいだった甜歌ちゃんがどうして、そんなに落ち着いているのかが不思議だったのだが、なんとなく「小さい頃から芸能界にいるから落ち着いているのかな」と思っていた。けれども最近になって、そんな理由だけで達観していたわけではないんだ、ということに気がついた。

彼女が達観して見えるのは、おそらく賢すぎるからである。

甜歌ちゃんはあらゆることを察する能力と、先見性がとにかく卓越している。例えば会話の中で「この間こういうことがあって、それでこういう風になっちゃって」と冒頭を話しただけで、「つまりこういうことっすよね！」とその話の本質が何であるかをパッと言い当てる。まるでクイズ番組の早押しバトルのように、全文を聞かずとも、頭の中で答えにたどりつく能力があるのだ。

責任感が強く自分のことは自分でなんとかする甜歌ちゃんは「誰かと近づきすぎるより、適度な距離を持っていた方が気楽だ」と常々言っている。けれども私は、その言葉は本音であるけれども本心ではないと思っている。この話は甜歌ちゃんにしたことが無いのだが、初めてここで打ち明けようと思う。

甜歌ちゃんはとても繊細だ。とても繊細なのだが、その繊細さをゆうにうわ回る「自己解決能力」を身につけてしまった、もしくは身につけざるを得ない人生を送ってきた。つまり強さを磨きながら生きてきたのだ。

その結果、繊細さ、傷ついてしまう気持ちに蓋をして自分の気持ちを抑制すること、他人を頼らず自分で解決してしまうことに慣れてしまったのではないかと思っている。

要するに「他人に近付きすぎず頼らずとも、自分だけでやっていける」という自信は本音だと思う。けれども「他人と近づくのは嫌、自分だけでやっていきたい！」と思っているわけではないのだ。他人といるのが嫌なのではない、傷つくことが怖いのだ。

孤独が好きなわけではなく孤独と一緒にいすぎた、そして孤独と付き合うことに慣れてしまったのだと思う。それが彼女の強さであり、優しさの源であり、放っておけない魅力の種でもあると思う。

ここからは未来の話になるが、私はそんな繊細な甜歌ちゃんが傷つくことなく、自分らしくいれる相手と出会って幸せになって欲しいといつも思っている。

なぜなら甜歌ちゃんは、仕事はめちゃくちゃ踏ん張るのに、男性に対しては「諦め」モードに移行するのが異常に早いからだ。この諦めは脈がなさそうで諦める、ということではない。「真に信じられる人」ではない、とジャッジされてしまうなんらかの出来事があった時、彼女は男性に対して諦めだすのだ。

そんな彼女の中にあるピュアさを見落とさず、彼女が「信じてもいいんだ、信じても傷つかないんだ。」と安心できるような男性（※多分色々条件はあると思うけど）と結ばれて欲しい。

きっとその時芽生える感情は、甜歌ちゃんが「この人とは近づきすぎてもいいかな」と許せる男性だけが芽生えさせることができる感情だと思うし、甜歌ちゃん一人だけでは手に入らない気持ちだと思う。

甜歌ちゃんを真に安心させてあげることは、残念ながら女友達には出来そうに無いので、もしこれを読んでいる素敵な男性がいたら、甜歌ちゃんをよろしくお願いします！　彼女のピュアさを裏切らないでください。

# 好きな人は
# 1人って

誰が
決めたの？

# 私は1人を愛さない

私は1人だけを愛さない。なぜならば、依存してしまうから。そして私も誰のものにもなりたくない。手に入らないものほど、欲しくなるのが分かっているから。

〝好きな人は1人だけ〟なんて決められてない。だから私は彼氏を作らず、好きな人を沢山作る。

「付き合う＝自由度が低くなる」と思うからか、1人の男性とお付き合いしてしまうと彼女としてこうあるべきだと自分の中で彼女の理想像が息してしまう。それが私にとっては足枷《あしかせ》なのだ。

年齢的にも「付き合う＝結婚」くらいの覚悟もあるし、その覚悟ができる相手とまだ出会ってないから今のような恋愛観でいるのかもしれない。

彼氏の気持ちを考えて気を使わなければいけないことも、やるべきことがあるのに会いたいと思ってしまう感情も、恋愛の常識に囚われてしまうこともストレスなのだ。

「彼氏」と「彼氏ができたら失うもの」を天秤にかけた時に、今の私は彼氏を取れない。本来、大切にしなきゃいけないはずの彼氏を傷つけると分かってるからこそ、彼氏を作る選択肢は無い。

彼氏という存在に囚われなくなってからの現在の恋愛スタイルは〝好きな人を1人に特定しない〟だ。

どうやら私は1つしかないと、その1つに依存してしまう傾向があるらしい。

これは恋愛に限らず仕事もそうで、ユーチューブだけではなくグッズやプロデュースなど色々なことをしているからこそ心に余裕が出るし、万が一どれかダメになっても他にも柱があるから息できる。恋愛もその感覚と近くて、1人だけになるとその相手に依存してしまうけど、複数いれば依存しない。気持ちに余裕を持てて、人とも仕事とも距離感のバランスが取れる。

私は好きすぎていい関係を築けたことがない。

距離が近くなった途端、大切にしなきゃいけないのに、一気に心が緩んで甘えすぎてしまうのかひどいことを平気で言えたり、ヘラってしまう。気がつけば自分も失うし、相手も何か失っていて、失ったものが大きければ大きいほど執着も増す。

だから結果、私が相手を大切にするためには程良い距離が一番いいと気づいた。依存して攻撃して病んでお互い傷つき合ってくたばるなら、楽しい時間を共有した方が良いに決まってる。

付き合わなくても、彼氏的任務を果たせてしまう関係は作れるのだ。だからこそ彼氏の必要性を感じなくなった。そこに絶対的な安心感は無いかもしれないけど。

複数に分散することによって、誰かに執着することもないから自分の気持ちもフラットでいれる。これを恋愛と言っていいのか分からないけど、1人に依存しないことによってメンタル的にも良いし仕事とも向き合える。今の私にはこの状態が一番合っている。

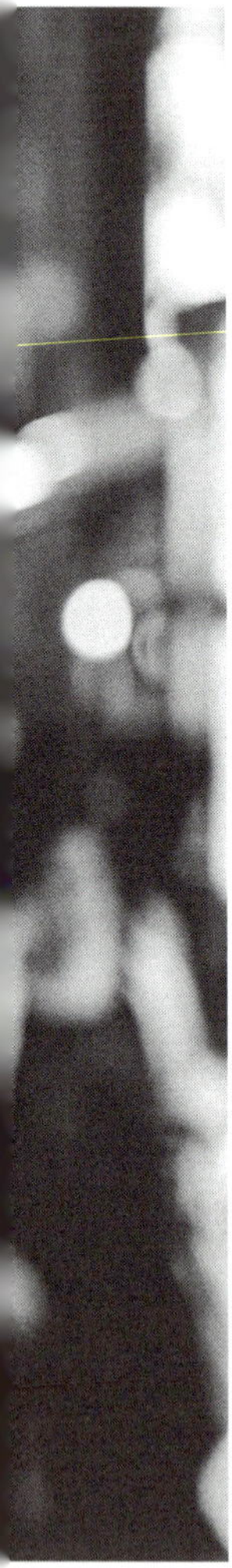

3F
540

三平ストア
当館5階

盲目にならない程よい

# 距離感の方がうまくいく

## てんちむとは／セフレ・A

ちむとの出会いは僕がとある国に仕事で長期間行ってた時だ。僕は「てんちむ」という名前は一度二度は聞いたことはあったが、顔も知らなければ何をしている人間なのかも知らなかった。

率直な第一印象は「元ヤン感が強く頭が悪そう」だ。（ちなみに僕の第一印象は「胡散臭い港区男子」だったらしい笑）

気付いたら、出会って4～5日後には「彼女になって」と言っていた、彼女は笑いながら「ヤダ」と即答。「ただの海外マジックだよ！」と一蹴される。

その後帰国した僕は海外マジックで終わらせない為に、日本での食事に漕ぎ着けた。そこから「セフレ」としての関係がスタートした気がする。

僕はちむの彼氏にどうしてもなりたいくらいの気持ちだったが、彼女はめんどくさがりそうだったので、必死に抑えた。

彼女は他のセフレがいるところに、その旨は告げずに僕を呼ぶこともある。僕の前で平気で他のセフレの話もする。これは僕が彼女のことを「好き」なので、当然キツイ。辛いけど僕も「彼氏」ではないので文句も言えない、仕方がない。

こんなことは日常茶飯事で、はっきり言って苦痛だ。ただ僕もそれを言い出すことはできない。彼女にとって『めんどくさいセフレ』になりたくないからだ。

彼女の行動によってこちらがどう思うかとか、そういうのが彼女はあまり分からないのだと思う。

ただそんなことがあろうが不思議と彼女のことは嫌いになれない、むしろどんどん好きになっていく。

なぜかと言われたら難しいが、要因の一つはその時目の前に居る相手に対して圧倒的に優しいところだと思う。彼女は必要嘘以外は基本つかないし、お金の為に仕事を頑張るが、意外と損得勘定で動かない。そういう彼女を見てると、ただただ真っ直ぐで愛おしく思えてくる。今までのセフレもみんなそうやって惹かれていたのではないだろうか。

ちむはセフレだから簡単に僕を傷つけるようなことも言ってくる。でもきっとセフレだから言えることなのだろうし、僕もセフレだから本来は傷つく必要がないはずだ。

結局、そんなことをされても僕が離れないのはそんな彼女が愛おしいのと、セフレとか恋愛という枠を超えて人間として尊敬できるからだと思う。

セフレ・ア・ラ・モード

「セフレ」って形、最高だと思う。
きっと「セフレ」ってワードに偏見がある人が多いと思うんだけど、もっと別の表現があってもいいと思うんだよね。「好きぴ」とか「キープ」でもいいと思う。私のイメージしているセフレってお互いにとって「都合の良い関係」気持ち的に沈むことのない関係。恋人のもっとラク版。

人によっては解釈が違うけど、私が思うに大体この3パターンに分かれる。

## 1 本当に体の関係のみ

別に相手の私生活とかどうでもいい、行為が終わったら終わり。

## 2 セックスフレンド

セックスだけじゃなくてご飯も気楽に誘えるような関係。異性の相談もできるまさにセックスフレンド。

## 3 これ付き合ってる？

やってることは彼氏彼女だけど、彼氏彼女ではない、そんな関係。

そもそも、何故私がこの形を好むのか単刀直入に言うと、彼氏がいらないから。でももちろん、誰とでも体の関係を持つわけではなく好きな人だけとしか持たない。

かと言って好き＝付き合うとかではなく、今は付き合えないけど一緒にいたいと思う人とこの関係になることが多い。なので、作ろうと思ってできるわけじゃなくて自然とこの関係になってることが多い。かっこいいなぁ、でも今はタイミングじゃないなぁっていう恋愛に近い興味から入る感じの時もあるし、飲んでその場のノリから関係が始まることもあるし。

だからか、デートを重ねてからのお付き合いよりもセフレから付き合う方が多かった。

デートって自分をよく見せようと取り繕うから本当の相手が見えるのって結局付き合ってからになるし、その上、体の相性なんていいか悪いかわからない。

それってギャンブルに近くない？って思ってしまう。

**恋愛は精神不安定になるけど、セフレは精神不安定になることはない。**

相手を複数作れるから、気持ちや意識が分散されて1人だけに執着・依存することがなくなるからだと思う。仮に、セフレ1人しかいなかったら執着してしまうんじゃないのかなって怖くなる。だから2人以上がマイルールだ。

フリーの時は好きな人は何人いてもいいと思う。っていうか、好きな人は1人って誰が決めたの？

彼氏じゃないからこそ傷つけずに済むし、付き合わないから嫌いになることもない。私の男関係をとやかく言われることもないし、私も口出しする筋合いはない。だからお互いストレスが無くて自由が効くし都合良い時に会える。これって凄くいいとこ取りな関係じゃない？そんな程よい距離感の形が「セフレ」であって私は好きだ。

現在セフレと呼ばれるジャンルに振り分けられた異性たちは、今やセフレと呼ぶには惜しいほどの関係性を築けた人もいれば、大切な友人になった人もいれば、辛い時に支えてくれる恩人になった人もいる。

だからこの関係をただセフレと表現されることに悔しい気持ちもある。私の中ではもっと素敵なものなのに。

時々、関係を持っている人の中で、彼女になりたい！と思ってくれる人も出てくるかもだけど、恋愛は荷が重いし、今は恋愛のタイミングじゃない、でもいいなぁと思う人がいる以上、この形は今の私にとってベスト。「この人の彼女になりたい」と自ら思える相手に出会ったらきっと変わるんだろうけど。

こんな事書いてる時点でデリカシーに欠けてるって思う人もいるかもだけど、**私って多分セフレに対してもデリカシーがない。それって本当にデリカシーがない部分と、あえてデリカシーをなくしてる部分がある気がする。**相手からの好意を感じた時、私は付き合えないから応えられない。だから、それ以上は来ないでというサインも含めて「デリカシーのない女」になってしまっているのだ。
付き合う責任がない以上、相手に期待を持たせるだけで傷つけてしまうだけなので、ちゃんと否定することも一つの優しさ。

よく聞かれるのが、セフレから彼氏彼女に昇格出来ますか？ということ。
じゃあ逆に問いたい。**昇格するには自分に何が足りないと思う？そこを考えたことってありますか？**

人それぞれ状況も違うだろうから一概には言えないんだけど、都合の良い女から抜け出すには、相手が彼女として求める人になるにはどうすればいいかを考えたら、自分の足りない面が目に見えてくると思う。それを埋めていけば良いだけ。

# SEX・オン・ザ・美

これ別に下ネタじゃなくて、マジでセックスって大切だと思う。なんならオナニーも。どういう意味で大切かと言ったら、まず自分がかわいい状態でする好きな人とのセックスは美のモチベがあがる。毎日すっぴん干物だったとしてもセックスするときはめっちゃ可愛かったほうが好きな人も嬉しいし、その嬉しがってるのが私も嬉しい。またセックスすることによって女性ホルモンが活発になって美肌になる。精神的にも肉体的にもアガっていくのがセックスだ。とはいえ、私も昔はセックス好きだったわけじゃない。むしろ逆で、胸が小さかったり、体型デブかったりのときは服を脱ぐのがコンプレックスだった。騎乗位のやり方も全然分からない時もあったし、下手くそって思われたらいやだなあとか思ってた。でも、自分のコンプレックスを克服してからは最高に好き！ 肌も綺麗になるしコンディション良くなるしストレスも軽減される。

多分セックスが嫌いって言う人の中にもしかしたら昔の私みたいに何かコンプレックスを抱えて、自信がなくて好きじゃないっていう人も少なからずいるような気がする。もしそうなら、その明確な原因を解消して自分に自信を持てるようになって欲しい。自分を磨けば自分のことも好きになれる一歩になるし、損はしない。

体の相性が分からないって言う人もいるんだけど、体の相性がものすごく良い人は、顔がタイプじゃなかろうと、ＤＮＡが求め合ってる相手。でもそんな人に出会えるのは生きていて片手の人数くらいしかおらんかった。だから大切にすべき。

セックスってまじメリットだらけ。

## てんちむとは／元彼・F

彼女としてのてんちむは糞だ！

だが、いち社長として見た時、間違いなく一流の経営者だと僕は思う。

出会いは知人からの紹介。当時の僕は会社を立ち上げたばかりで忙しく、てんちむの事を気にはなっていたが恋愛よりも仕事で手一杯だった。それからちょくちょく食事をする仲になり、色々と話してくうちに彼女の「仕事に対する考え方」に感銘を受けたのと、僕の事業がうまくいかなくなった時に離れる人が多い中、一番近くにいて支えてくれたのがてんちむだった。

そんなてんちむを好きになることに時間はかからなかった。

告白は僕から。だがてんちむの恋愛の価値観が僕と違いすぎて即フラれた。てんちむは、「セフレ」という形をとりたいスタンスだった。

僕はセフレというのが嫌だし、どうしたらお付き合いしてくれるのかてんちむに尋ねると、答えは「月収500万円」。それを聞いて僕は複雑な思いだった。

その当時思っていたことが2つある。1つ目は達成できないと思う不安、2つ目は何とかして達成したいという2つの思いだった。そして、この目標を与えるということは恋愛よりも仕事を大切にする人だと思った。

そうして2か月後、僕の月収が500万円を超えた。てんちむは素直に喜んでくれたし、僕はその時すぐに付き合えると思っていたが、てんちむはそうではなかった。ずるい女だ。喜んでくれてはいたけど、付き合うのはやめようと言われた。しかし約束は約束なのでゴリ押ししてしぶしぶ付き合わせた。

誤解で些細な喧嘩をすることもあったし、最低なことだってされた。とにかくてんちむは破天荒だ。彼氏である僕を大切にすべきはずなのに傷つける。それもきっと、てんちむの中で何しても僕が離れない絶対的安心感があったのだろう。実際、僕は彼女に何をされても彼女のことを失うことの方が嫌だから全て許してきた。

てんちむはすぐに別れようと言う。口癖レベルだ。

理由は仕事を真剣に今以上に頑張りたいから。僕は好きなのに別れる意味が分からなかった。当時何かに苦しんでいたのだろうけど僕が気づけなかったり、相談出来ない頼りのない男になっていることもその時は自覚がなかった。

だがしかし僕の気持ちは伝わらず、別れることになった。

人生で初めて愛した女性だったので、正直かなり精神的にも参ってた。そうしている間に僕の所へ一本の電話が入った。てんちむからだった。

「あなたは伸びると思うからこれが最後のアドバイス」って形で初めて細かく別れた理由を教えてくれた。

現状で満足していて仕事も恋愛もマンネリ化していた僕の姿を見て呆れたこと、頑張るのは当たり前だということ、目標も人脈もないこと、何事も吸収しないこと、尊敬できるところがないこと、はっきり全部言われた。

てんちむはよく「高め合える関係でいたい」、「ギブアンドテイク」と言っている。

僕はてんちむと付き合って色々な世界を見せてもらったし、与えられてきた。与えられることが当たり前になって、いつしかそれが普通になり、甘えすぎている自分もいた。

耳が腐るほど、「あなたは経験も足りない、人脈も足りない。もっと色んなところへ行って色んな人を見ろ」と言われてきた。その度に僕は、僕だって経験してきたし色んな人を見てきた、と言うが、彼女の背景を見たらそれはすごくちっぽけであり自分を過信していたと実感させられる。僕は人脈や経験を得て満足して終わるが彼女は人脈や経験を意地でも活かす。ある意味すごく欲深い人間だ。

別れた今、どこかでまた振り向いて欲しいことを糧に頑張れてるかも知れない。てんちむを失って気付かされることが多すぎたし、別れて初めて僕もてんちむを理解出来てきたような気がする。

初めて愛した人がてんちむで、一生忘れられない女性であり、そして本当に糞だった。

# 発展途上国

「結婚したいけど彼氏の収入がない」、「稼いでる他の人に移行したい」とか言われるのだけど、自分が好きになった男を育てればよくね⁉

セフレでも友人でも仕事関係者でも、周りの男性を例えるとするならば、「発展途上国」（どこか惜しかったり、まだまだ伸び代があるような人たち）が多いような気がする。

そして私は「発展途上国」から「先進国」になれるよう、手助けできる部分があるなら助けたいと思うのだ。
すでに「先進国」の男性はそれなりにいい女性も見てるだろうし、相手が自分を選んでくれるとは限らない。だったら自分の好きな男を年収がある男にさせた方が素敵なのでは？

**「発展途上国」の男性を生かすも死なすも自分次第。**

相手を「稼げない男」と思い込むのではなく、相手を「稼げる男」にしてあげるのが女性の役目だ。男を育てられる女の人って多分それこそいい女な気がする。結局見た目は廃れていくし、最終的に残るのって中身だし。少なからず女で男の価値が決まることもあると思う。男にとってのあげまんになる、のだ。

自分がやる気スイッチ的存在になるでも良し、自分のノウハウを与えるでも良し、話を聞いて支えるも良し。好きな人には無条件で相手の力になる。

私は相手の人生のキーマンになりたい。欲を言えば、私の人生のキーマンにもなってほしい。私と出会えたことで人生の良いキッカケになれる人間でありたい。

そういえば昔、自分が好きだった男性の女性遍歴を聞いたときに、この人には敵わないなって感じる女性（元カノ）がいた。特別見た目が可愛いとかではなく、中身が圧倒的に凄い女性。

私はきっとこの女性に勝てないって勝手に劣等感が湧いて始まってもない試合に負けた気持ちになったと同時に、自分もそういう女性になりたいと強く思った。

私は男でも女でも性別関係なく、自分が大切にしたいと思った人たちには「甜歌を超える人っていないよね」って心のどこかで思われたい。

さらに欲を言えば、大切な人にとって自分がずっと特別な存在でいたい。

自分が過去に愛した男にもし新しい彼女ができた時、「元カノがてんちむ」って言う機会があったら、私が感じたように圧倒的劣等感を感じさせられるような女でありたいとも思う。てんちむには敵わないと思われたい気持ちが息してる。と同時に、「てんちむ」と言ってもビクともしないような女と付き合えるくらいの男にも育てたい。でもまあそしたら少し悲しいけど。

# 不倫

よく不倫の相談いただくんですけど、まあ実は私も一度不倫しかけたことがありまして。

というのも最初は奥さんがいることを隠され、独身と偽られて会ってました。すごい新しい所に連れて行ってくれたり、魅力的で気がつけば私も自然と惹かれていきました。

なぜその人に奥さんがいることが発覚したかというと。

不信感に包まれた人だったんです。安心できる時は一緒にいられる時間だけで、会えない時間＝不安。一緒にいても携帯いじられると「女かな？」と思うし、常にその人のことを考えちゃう。本当に精神不安定。

そして、事件は起きた。

私は携帯を見てしまったんです。当時はガラケーで、念入りにシークレットモードにまでされていて。他の女性にも「会いたい」「いつ会える？」なんて送ってるのも沢山あって、もう自分が本命なのか遊び相手なのかも分からず、ただただショック。私といない間に他の女を抱いたり、色恋みたいな連絡を取ってることがショックで。もしかしてとは思ってたことが本当に起きると、やっぱりか、とはなるけどひどく幻滅した。

と、そんな私に追い討ちをかけるように更なる絶望が降ってくる。

別フォルダになんと奥様がいました！！！

その時の私って「結婚している＝一緒に住んでいる」とか、「奥さんを愛す」ってイメージに囚われていた。それを当たり前だと思っていたからか、家に行っても一人暮らし感満載だったし、女関連の不安はあっても奥さんの気配は全くなかったし、結婚しているというのが私にとって斜め上すぎた。この出来事で私の中の結婚に対する固定概念が崩れた。

しかもなんと奥様、子供がお腹の中にいるというタイミング！　メールを読むと、〝子供ができたから実家に帰省〟しているらしい。

私は絶望だった。好きな男が自分以外の女を自ら誘って、更に奥さんも子供もいるのに平気でそういうことをしているのだ。そんな男といる自分も気持ち悪い。この時、男関係で初めてメンヘラというものを起こして自分でも想像がつかないくらいに暴れて、初めて「私って憎悪にまみれたこんな一面もあるんだ」って恐怖にもなった。

話を聞けば奥さんとはうまくいってないだの、仮面夫婦だの、月々お金払う代わりに干渉しないだの、離婚調停中で離婚するつもりで云々、探偵も雇って不貞を探してるなど散々言われたが、メールでは全くそんなことはなさそうだった。

私はもう全てが絶望すぎて苦しくて、いつまた自分が壊れてもおかしくないし、離れるしかなかった。

未来を見た時にどう転がっても輝かしい明るい未来は見えない。私の人生は私のものだし、そいつのための人生ではない。「時間だけを無駄に消費するだけだ」って、自分の中で唱えて即絶った。

なんかもう色々駆け巡りすぎてその当時の記憶はあまりない。ただめちゃ泣いてたし苦しかったし、うわあすげえ振り回されてたなと。

その人は今でも仕事関係で会わざるをえないのだが、（未練全く無し）、数年経った今でも籍入れたままで、子供が生まれてからは子供可愛いって親バカも発揮しながらたまに女遊びをしている。変わってないけどこれが現実。夫婦仲は円満だけど冷え切っていて、いわば仮面夫婦みたいな感じでセックスも子作りの時のみ。安心とときめきは違うし結婚と恋愛は違う。

今思うと、その恋愛は全然いい恋愛じゃなかった。精神も安定しないし傷つくし、マイナスが多かった。どうせ振り回されるならこっちが振り回してやる方が良かったな。一歩手前で踏みとどまったけど、これ、進んでたらどうなってたんだろうって。浮気を繰り返す人も、不倫を繰り返す人も、病気。

**男なんて星の数ほどいるんだから、わざわざ不倫するなんてやめた方がいい。**

自分の家族も後ろ指を差される。相手の家庭も壊す。自分も苦しむ。他を巻き込んでまで、共にする男なの?それでいい人生なの?何かを得るには何かを失う。でも不倫は何も得れずに全てを失う。

私にとっての

が、仕事と向き合っている日々への

旅

スパイスくらいがちょうど良い

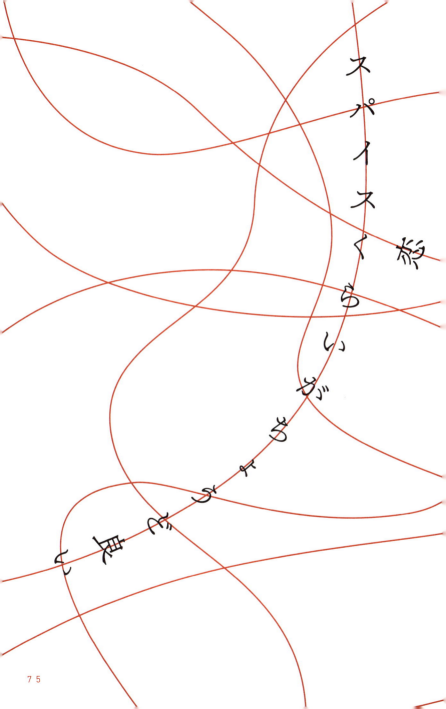

私は

「早く結婚しなよ」っていう催促も、「未婚＝売れ残り」って表現する人も、その次に来る「子供はいつ？」もすごく苦手だ。まるで結婚が全てで子作りが絶対のような言い方を世間はしてくる。早く結婚したら偉いのか？子沢山だと偉いのか？自分の人生、他人にそこまで言われる筋合いはない。

「結婚＝恋愛のゴール」「新たなスタート」そんな認識がついてると思うのだが、きっとそんな希望に満ちたものではないと思ってしまう。

私は、「結婚＝生涯を支え合うパートナー制度」と認識した方がしっくりくるし本質はきっとそこ。かと言って今の私は結婚する必要がないと思っているだけであり、結婚に否定的な訳ではない。私は今、自分自身のために頑張っている。今は、自分の結婚のビジョンが本当に見えないのだ。家族ができることによっていつか女でなくなってしまうかもしれないということに恐れ、そもそも結婚のメリットって何？と思っちゃって。もし子供を授かっても籍を入れない事実婚の選択を取ってもいいと思っている。好きだけど距離感も大切だし、女でいたいからこそ、別居婚という選択肢も全然良いと思う。人生を棒に振りたいと思えるくらい心底好きになれる人が現れて、この人との家庭を築きたいと思えるようになって、子供を産んで、そんな子供を沢山可愛がってくれてる旦那を想像したら凄い幸せかもしれないけど。

母は「あなたや竜二がお腹にいる時、女に産まれて一番幸せで喜びを感じた」と言った。凄くロマンを感じた。生きているうちにそれは味わってみたいし、彼氏はいらないとは言いつつも、きっと私もどこかで結婚に憧れを抱いているのかもしれない。

# てんちむとは／10代のとき片思いしてたX

「今日暇？」

突然どちらかが連絡して、たまたま時間があった時に数時間ご飯を食べたり、ゲームをしたり、お互いの相談をし合う。そういった関係だ。「女友達」という言葉が今の自分達にはぴったりなのだろうか。

仲良くしていると言えば少し語弊があるかもしれないが、毎日会う時があったり、一カ月に一度の時があったり、3年会わなかったり、男女の仲もあったりなかったり、てんかとはそんな距離感だ。

てんかは自分の財産を周りの人間に分け与える事を平気でする。

お金とかそういうものではない、自分が築き上げてきたものをいとも簡単に他の人間のために使うのだ。

言い換えるとするならば、バリバリのナンバーワンセールスマンが自分の商品の売り方を隣のデスクのライバルにもなり得る人間に教えているようなものだ。自分はそう思っている。

てんかはそれをいとも簡単にするから不思議だ。

「どうして？」と聞くと、「特に意味はない」と言う。

おそらくそこに計算はなく、あくまで「したいと思ったからした」という事なのと、

てんかの口癖「Ｗｉｎ－Ｗｉｎの関係」が好きなのだろう。

そしてこれからもまた付かず離れず期間が訪れるかもしれないが、再会した時に胸を張って「今こんなことしてんだよ」と報告できる自分でありたいなと思う。

いつか悪い人に騙されないかだけは心配だが、聡明な弟もいるし、周りに彼女が危機に陥った時助ける人間は自分を含め沢山いるだろう。ここまでスラスラと文章を書けているのがその証拠だ。

Ｐ・Ｓ　モンハンは自分が一番初めにてんかに教えました。

好きな
ことして
生きるより、

嫌なことせずに生きていく

# お仕事相談室

Q1

自分の好きなことを仕事にするには
どうしたらいいですか？

## 期待をしないこと、
## 好きが嫌いになる覚悟。

Q2

もし選ぶとしたらやりがいと
給料のどちらを優先しますか？

## 私は給料。でも仕事を選ぶベース

はあくまでも「やってて“苦”ではない仕事」。仕事ってしんどいのがデフォ、辛いのが当たり前。だけど、やめるほど辛いかって言われたらまぁそういうわけじゃないくらいのスタンスの方が仕事は続く。

Q3

会社を辞めました。
何をしたいのか、何の目標、夢をもって次の仕事を決めたらいいのか分からない状態です。

夢とか目標ってそんなに重要なんですかね。私だって夢や目標なんてないですもん。生きてるだけで金がかかるのでそのうち嫌でもいずれ追い込まれるんです。

Q4

憧れだったアパレル業界に就職をしましたが自分のこだわりが強すぎて事前バイトの時点で結局うまくいかずに退社しました。好きを仕事にすることの難しさやギャップがとても辛いです。

趣味は仕事にしてはいけない。
好きなことで生きていけるのは一握り。趣味の好きってハードル低いけど、仕事の好きは求められるハードルめちゃ高い。

Q5

まだ社会人になって1ヶ月しか経っていませんが仕事が辛いです。たった1ヶ月でさじを投げるのはおかしい事だと自分でも分かっています。そんな私にエールを下さい。

仕事って辛くて当たり前。どこの職場でもうるさい人はいるし、相性合わない人もいるし、一生連休でいてくれって思いながらみんな仕事頑張るんです。仮にそこの会社で不適合だと感じても今は色んな仕事がある。あなたの社会はきっと狭いからもっと大きい社会に目を向ければ視野も気分も晴れると思います。

Q6

仕事でモチベーションを保つために
やってることはありますか？

## 仕事のモチベーションを一気に上げるためには高いものを買ってわざとお金を使う。そして嫌でも気持ちを焦らせる。

Q7

企業で会社員として働いています。
目標も見つけられない中で、ふとこの先何十年もこの生活を繰り返すことを考えるとお先真っ暗だなって思ってしまいます。どうしたら繰り返される毎日が楽しくなれるでしょうか。

それに気づいたら現状打破するしかなくない？でもヤバいなって思う感覚ってとても素敵なことだと思うし、お先真っ暗だからこそ新しい世界に目を向けてほしい。興味ある副業に手を出してみるとか刺激的な趣味を探すとか。「なんとなく生きる」を「自分本位に生きてみる」へ。

Q8

信頼していた従業員にお金を取られました。
何故大金を目の前にすると人って変わってしまうんですかね？

この世の中ってお金でほぼ解決できるから目が眩みやすい。でも従業員にお金を取られるのは、あなたが人を見る目がないって面もある。この人を裏切りたくないと思われる人間にまず自分がなれば自然と良いビジネスパートナーが見つかると思う。

Q9

僕は小さい頃から俳優になりたい夢がありました。色々な事情があり中々前に進まなかったのですが、後悔だけはしたくないと思い仕事をやめて今は夢を叶えたく頑張っています！
そこで今具体的にどう進めばいいか迷っています。アドバイスを頂ければ嬉しいです！

人の記憶に自分を焼く。良かれ悪かれ爪痕を残す。人間ってすぐ忘れる。興味ない人は調べようともしないし、その中でも生き残るためには逆に性格悪すぎでインパクト残すとかもアリかも。

Q 10

「自分は今後起業したいと思っている」と話すと反対する人が多くいます。安定を取れだとか、30~40歳までは経験を積まないとだめだとか。じゃあそれに従ったらお前らは僕の人生を保証してくれるのか?といつも思います。しかしそれが親や親友の言葉だと揺らぐ自分もいます。てんちむは口出しについてどう思いますか?

意見は耳を傾ける、口出しは成功して黙らせる。
実際、起業したいって言うだけじゃなく周りを黙らせるくらいの戦略を考えないといけないとも思うし、客観的意見は時に自分が気づかなかったことのアドバイスにもなるから受け入れることも大切。

## てんちむとは／テレビディレクター

彼女と初めて出会ったのは2003年冬、某番組のオーディションだった。

緊張でテンパる子もいる中、甜歌は緊張してないのに1人でテンパっていて、ちぐはぐな会話とそのテンパり具合が妙に面白く、不思議な魅力を持った子だなと思った気がする。

当時、お茶の間での甜歌のイメージは、明るくてちょっぴり天然ボケな可愛い女の子「自分大好きてんかりん」だろう。

テレビ画面では映さない瞬間、心の闇を感じたことが多々ある。

例えば、楽屋で誰かに一生懸命話しているのだが、よく見たらカーテンに話しかけていたり…。んん！？それただのやべえヤツじゃん！

仕事柄たくさんの子役たちを見てきて、思春期だし成長期でホルモンバランスが崩れ不安定な時期はよくあることなんだけど、甜歌の場合はまたちょっと違うような気がした。

日本人の父親と中国人の母親との間で文化的なぶつかり合いがあって、その間でぺしゃんこになりそうになるのを必死に耐えて、それでも弱音を吐かず、ひとたびカメラの前に出れば「自分大好きてんかりん」となる。

テレビの世界はある種残酷で、本当の自分はさておき見ている人たちに夢と希望と笑いを与えなければならないという宿命だ。

甜歌は番組を卒業。

以降、相変わらず忙しい日々に翻弄され、久々に甜歌の話を耳にする。

グレた。ギャルになった。事務所辞めた。暴露本書いた。

えーと、久々なのに情報量が多すぎて混乱してるんですけど？？？

その時、甜歌は子役時代を否定的に語ることが多く、それが個人的にはたまらなく不満であった。

当時は「てんかりんを演じていた。それが嫌だった」と。

確かに嫌々やったこともあったかもしれない。でも「自分大好きてんかりん」を見て救われた子どもたちだって、きっと沢山いるはずで、それは否定してはいけないと。

本当に悔しく思った。それと同時に不安に思った。こういう出方をすると、消化するだけ消化されて、いつかパッタリと仕事がなくなるのではないか？今は若いからチヤホヤされてるけど、歳を取った時どうするのか？…うーん、わしゃ父ちゃんんか！

が、それは昭和おじさんの古臭い固定観念で杞憂《きゆう》であった。

このデジタル時代のネット社会にピッタリとマッチングし、トントン拍子に確固たる地位を築いてしまったのである。人間、1つのことに成功すると、ダメになっても成功の味が忘れられず、固執しがちだが、甜歌は売れっ子子役、カリスマギャルをあっさり捨てたのだ。これは素直にすごいことだと思う。

もしいつか、ユーチューバーブームが去ったら、どうなるのか？

だが、もう甜歌に心配はいらない。

きっと、また新しい自分の居場所を作るだろう。

これはあくまで想像だが「自分大好きてんかりん」とは、甜歌自身の中にある理想の姿であって、自分でも気がついていないが今もその理想を追いかけているのではないだろうか？

大丈夫大丈夫。成功すればするほど、幸せになればなるほど「自分大好きてんかりん」に近づいているのだから。


自分は、いつか再び甜歌が「自分大好きてんかりん」と名乗る日を心待ちにしているのである。

追伸：締め切り前日に執筆依頼はやめてくれ。苦笑

# 私の人生を
# 振り回して

いいのは
私だけなのだ

# メンタル売買

最近『東京タラレバ娘』（東村アキコ（2015）．東京タラレバ娘（2）講談社）を読んでたら、夢を聞かれると大体の人がなりたい職業を答えるという事を知った。夢って「ハワイに別荘借りて朝に美味しいスムージーを作る」とか「軽井沢に一軒家立てて犬と雪遊びする」とかそういうのが夢なはずで、職業（仕事）はあくまでもそれを叶える手段に過ぎない。職業を答えてしまうこの国は働きすぎなのかなぁ。最近将来の自分のためと仕事を頑張る理由のドーピングとして実際にタワマンを購入したのですが、目標が明確になり仕事を実際頑張れてるからこそ、目標を持つことは原動力になるんだなって気付かされました。

とはいえ、夢を持ってる人の方が少ないはず。こんなこと言っといて私も実際に夢はない。だけど生きてるだけで金がかかるからとりあえず働かなければいけない。

ここからは私の仕事論を話していきたい。

私の仕事論を簡潔にまとめるとこれです。

## 好きなことして生きるより、嫌なことせずに生きていく

中3の頃、母が受験を心配して家庭教師をつけてくれました。多いときは1日5時間程で、勉強が苦手な私にとってそれは地獄の時間。教科書を開くだけで不思議と眠くなるんです。「あぁ、今ベッドに飛び込んだら最高だろうな。」気づけばそんなことばかり考えていて「寝たいときに寝れない」ということが自分にとって物凄いストレスになっていました。眠い時は沢山寝たいし、眠いのに起きなくてはいけないのが本当に辛いのです。

また、電車に乗る機会が増えた時に毎度ストレスを感じていたのが満員電車。押しくら饅頭状態です。席が空いたと思って座れば「若いのに……」と言わんばかりの冷たい視線。買い物で重い荷物を持って肩は痛いし、大好きなピンヒールを履いての徒歩移動は足も痛いし、大荷物で幅は取るし、凄く苦痛でした。でも、こんなストレスって私だけでは無いと思うのです。この世の中、満員電車が好きだったり、大荷物を持ってピンヒールで移動するのが好きと言う方は超少数派だと思います。では、そのストレスをなくすにはどうすれば良いのか。

私は早寝早起きを克服すること、電車の時間帯を変えること、ピンヒールを履くことをやめるのではなく、好きな時間に寝て起きられる仕事でお金を稼いで、タクシー移動にすれば問題解決するのではないか、と中学生の時に思ったんです。

世間様はそんなこと我慢しろよ、と思うかもしれませんが、私の発想の原点はそこなのです。どうやって苦手なことを避けながら生きていこうという思考に至った。

その結果、中学時代からブログを書き、それで収益を得られることに気づいてからは自分で単価交渉も経験しながらブログ一つで生計を立てていた。一見、そんなことで収益を得られるなんて、なんて楽な仕事なんだと思われがちですが、毎日更新しなければいけなかったり、ランキングやPV数を気にしなくちゃいけなかったり、時には酷くバッシングを受けたりなど、それはそれで精神面との戦いもあり、「楽」の一文字では済まされない。PVが下がればランキングも下がり、仕事の単価も下がったりするので、ランキングが下がらないように1日に3~5回ブログを投稿したりする。

1つの記事を書くのは30分から1時間。長いブログは3時間かかるものも平気である。下書きが出来れば見やすいようにタグを入れて色を変えたり文字に大小つけたり、当時は加工なんてものはなかったので、一日30分くらい納得いくまで写真を撮って1枚載せたりする。その他の風景画も撮りまくってとりあえず日々ほぼ全ての行動、感情をネタにする。

趣味で始めたブログもいつしか仕事のブログになるわけだし、サンドバッグになってメンタル削りながら書くしかない。どうしても収まらない炎上は理由を解明しようと何を言っても叩かれるわけだし、謝罪や休止をするしかない。意に反しての謝罪もある。ブログとユーチューブは文か映像かなだけでベースは変わらないんで今も一緒。

**どんなお仕事でも肉体的、精神的苦痛を伴うことはあるので、楽なお仕**

# 事はない。

もし楽に感じる仕事があればその人にとって本当に天職なのだと思う。私は早寝早起き・満員電車をまた繰り返さなければいけない、好きな髪型やネイルができない（当時は見た目を重視していたので）のであればメンタル削ってでもお金を稼ぎたい、と言う結論に至った。

この時やりたかったのは、金髪にネイル、ジャラジャラのピアス、なんて世間から見たらヤンキーみたいなもん。それを〝ブログや雑誌が仕事〟という一種の言い訳にも出来たし、自分が妥協出来ない面は、それをどう仕事にして人を納得させるかも考えていたな。

# 仕事は私を裏切らない

**今、私の優先順位第1位は仕事だ。**

仕事が私の自信に繋がるから。そして仕事は裏切らない。仕事に生かされる人生って嫌だなぁと思うんだけど、仕事のない人生も退屈そうでなんか無理。

結局恋愛も仕事もそうなんだけど、仕事一筋！ってなって仕事人間してた時期があるわけですよ。やっぱ仕事に振り回されて、落ち込んで、でも仕事に依存してるからなんか常に考えちゃうし、でも病むし。

# 仕事っていうとジャンルが広すぎるかもだけど、多分みんなの恋愛が私にとっての仕事っていう感覚。

一本になると効率はめっちゃ上がるけども、真面目に向き合いすぎるとメンタルが持たない。

なんかすごい恋愛に似てるなぁと思って。私は仕事が好きか嫌いか分からないけど、苦ではない。していかなくてはいけないけど、生きるために仕事をするんじゃなくて、仕事に生かされてる自覚が芽生えたので、仕事に執着、依存してるのかも。

やっていてプラスになることが大きいけど向き合えば向き合うほど、お金を稼げば稼ぐほど、私はいつまで私を売ればいいのかとか、こんなキャラのまま駆け登って幸せなのかとか、でもそうじゃなかったら跳ねないし、いつダメになるんだろう、なんてメンタルはマイナスに低下していくわけで。

あくまでも第一位は仕事なんだけど、仕事とメンタルは天秤にかけられている。仕事に依存すると成績は上がってくし自分の価値も上がっていく、でも内側のメンタルはありえないほど沈んでいく。

その結果、仕事に向き合いすぎないように、最近は遊ぶことを復活してみたり、病みそうな時は人と会ったり、意識を分散させる。四六時中仕事→12時間仕事って感じに、

**仕事100%をやめました。**

良いのか悪いのかまだ分からないけど、少なくともアホみたいに病むことはなくなった。意識が分散されて、気にならない、どうでもいいって気持ちになる。悩む時間があるなら仕事以外の他に時間を有意義に使いたい。

あくまでも自分がどうやったら都合よく生きやすくなるか、に重点を置くようになった。生きてるうちに、マイナスよりもプラスのことが多いほうが圧倒的にいいじゃないですか。

そうやって大切なものと「向き合う」のではなく、「うまく付き合う」ことを考えると良い方向に進みます。

一生忘れられないよう

# 相手の脳みそに爪痕を残す

# 爪痕リマインド

昔昔付き合ってたＤＶの彼氏が「ナンバーワンにはなれないから、ワーストワンになりたい。そしたら一生、お前は俺を忘れない」と言った。

当時の私にはその言葉が衝撃的で、それは私の恋愛観を変えた。

皆さんは歴代の恋人を思い返した時、パッと全員出てきますか？

私はパッて出てくる人もいれば、頑張って思い出せる人もいるし、多分存在すら忘れてしまってる人もいる。

そして、「思い出されない側の人間」になりたくないと強く思った。

相手を侵食して、離れたくても忘れたくても脳裏に「私」と言う存在を一生焼き付けたい。

**他の女だと物足りないと思えるくらい、私じゃなきゃダメだと思わせたい。**

手に入らなければきっと眩しく見えて、手に入らないからこそ欲しくなる。

私は常々、相手が求めたくなるような女でいたいと思うようになった。

ナンバーワンも超える〝特別な存在〟でありたくて、彼女ができようが結婚しようが人生単位で振り返った時に「私」という存在を忘れてほしくない。

悔しくもDV男のことは予言された通り今でも忘れることはないし、相手に言われたことが私の中に生き続けて10年も経つ。それが良いのか悪いのかは分からないが、気がつけばその精神は恋愛だけではなく仕事にも生きてしまった。

子役、ギャル、ユーチューバーと時代に合わせて変化してきたが、気がつけば私が仕事で最も意識するようになったのは「爪痕を残す」だ。それがスタート地点でもあり、「人の記憶に残る」にイコールすると思う。良かれ悪かれどれだけ消費者側の記憶に残れて、興味を持たれるかが大切だと思った。

（そんなことに気づけたのは、ＤＶ男のその言葉があったからかもしれない。今では感謝すら覚える。）

表に出る仕事をやってきた上で思うことは、爪痕以外にも自分を客観視することが大切。素直な人ほど伸びるし、残念な結果になる人ほど無駄なプライドが高い人が多いと思う。

まずは自分のプライドを捨て、自分と向き合い自分の現状をしっかり把握すること。自分を大きく見せようとする人や、素直に人の意見を聞き入れない人って多くいるけど、他人の意見って本当に大切なものだと思う。意見を言われて「違う、こうでこうで……」みたいな言い訳はいらない。自分が右に進んでるつもりでも、受け取り側が左と認識したらそれはもう左。受け取り側の感じ方が全てなので、違っていたらすり合わせる必要があることにも気づけるし、どうしたら伝えられるかも考えられる。

自分だと距離が近すぎて客観視できないものも、第三者の意見のお陰で側からこう見えてるんだっていう発見にもなる。

1人で息できたら誰も苦労しない。だから出来ないからこそ助言を貰う。自分だけでは成り立たない。沢山の人が関わっていくのがお仕事。理想と違う答えもちゃんと受け止めることが大事。

選べないのではなく

# 選べる立場の人間になれ

# ヌード

これから話すのは私が消したくても消せない、消化しきれない仕事の過去。

19才、私は映画の仕事でフルヌードになりました。

「何でその仕事を受けたの？」「脱がなくてもよかったのに」とよく言われました。今はフリーで活動してますが、事務所に入ってるとブランディングなどの主導権は大人にもあると思っていて、もちろん仕事をするか否か事務所は聞いてくれるのですが、私は金額も聞かず、基本全部受けていた。仕事が無い焦りからか、せっかく仕事が来たのに断るっていう勇気がなかった。

仕事も特にせずダラダラした毎日が続いていた中、映画の話が来たわけです。

とはいえ、当初の話は主演でパンチラ程度の露出と言われており、その時仕事をしたい欲が半端なく、感覚がおかしくなってた私は即ＯＫ。

ただ、契約書を交わした後から台本の内容がどんどん変わって、過激になってきたり、〝フルヌード〟になったわけで。

私の強みは自分の脳みそが「仕事」と認識したら、もう何でも出来るということ。プライベートだったら絶対嫌だってことも、仕事になれば別に脱ごうが長いセリフ覚えようが虫食おうがそれは「仕事」なので、諦めるというか受け入れる。

その時の私の心情は「いい作品を作ろう」よりも「やっぱり人生どうでもいい、もうどうにでもなれ」って感じでした。

自分がやらなきゃ一生終わらないから、撮影中はもう淡々。早くこの嫌な気持ちから解放されるにはやらなければいけない。頭では分かっているものの、私のメンタルは限界に達していた。体がジッとしていられなかったり、全然眠れなかったり。トイレにこもって「ああ、何で私はこんなことしなきゃいけなかったんだろう。」「気持ち悪い。逃げたい」って声殺して泣いて、その時は本当に死にたかった。

映画とはいえやってることがAVと変わらないんです。私は悔しかった、AVに偏見があるとかじゃなくて、騙されたような気がして苦しかった。

女の人の唾液を飲まなきゃいけなかったり、Vラインには付け毛つけて、何で私がこれをやらなきゃいけないのか、聞いていた話とは全然違かったって。
逃げれる場面なんてたくさんあったのに私にはどうしても途中で仕事を投げ出す勇気がなかった。仕事だから仕事だからと何度も自分に言い聞かせて諦めた。

撮影も終わり、公開前、私は考えました。どうやったらこの映画を世に出さずに済むのか。
精神が麻痺していたので、自分が死んだら公開中止になるのでは?と思った。19才の私は睡眠薬がぶ飲みしてベルトを首に巻いて紐をドアノブに引っ掛け人生2度目の自殺未遂を図りました。起きた頃には私は横になってて紐はドアノブから落ちて息してた。

目が覚めて生きてることにホッとしたのか悔しいのかも分からず、結局死ぬのが怖い、前の自殺未遂と何も変わってないじゃないかって、覚悟がない自分にも幻滅した。

そんな私の気持ちとは裏腹に映画は公開された。私は自分が出た映画を今まで一度も見てません。同じように当時出した写真集がアダルトコーナーに置かれた時は自分に虫酸が走りました。ああ、これが今の私の位置なんだなと。

仕事も特に増えず、結果、脱ぎ損だった。この映画を正解に持っていく選択は、もうどう考えても足掻いても出てこない。

映画公開から2年後、私は事務所を辞め、ユーチューブを始めました。

消えるのは簡単だけど復帰するのは大変、そんな風に言われてきたけど、そんなことはない。結局何もかも自分次第。

当時、焦りから頂く仕事にNOとは言えなかったし、選んでる場合じゃなかったかもしれない。この経験を経て私は、仕事を選べない立場よりも、仕事を選べる側の人間になろうと強く思ったんです。

# てんちむ流儀

恋は盲目と同じように、仕事も距離が近すぎたら見えないものが出てくる。

先に言っておきたいのは仕事の流儀は人それぞれで、万人に正解っていうものがあるわけではないということ。ここでは私なりの仕事の流儀を話します。私のやり方がすべての人に向く訳ではなく自分のスタイルと合っているものを重視して下さい。

まず皆さんに聞きたいのですが、

**成功への最大の近道ってなんだと思いますか？**

人それぞれいろんな答えがあると思うのですが、私にとっての最大の近道は自分の人間レベルをあげることです。遠回りに見えてそれが近道。

まとめるとこの3つに分かれます。

**①人が求める存在になること**

**②目標・ゴールを立てること**

**③自分のした選択を正解にすること**

# ①人が求める存在になる

例えば就活。就活がダメだった時「あーダメだった。次行くか、次。」って切り替える人多いと思うんですが、その時に「なぜダメだったか、自分には何が足りないか、どうしたらこの会社は自分を欲してくれるのか」を考えたことはありますか？

なんの武器もない人よりも、そりゃ強みがある人間を採用する会社の方が多いじゃないですか。

**自分を物件に置き換えて、自分を売る**

セールスポイントをたくさん増やす。過去の実績に頼らず、今を更新して人間レベルをあげて欲しい。

この前、知り合いがアパレルを起業したいって言ったんです。でもアパレル自体が未知の世界で、アパレル関係の取引も過去にない、制作の流れも分からない、アパレル関係の人脈もない、動くお金の相場も分からない。いや、夢を持つのはいいんです。素晴らしいことだと思う。ただ現実的ではない。地に足が付いていない感じ。だから聞いたんです。「どうやって人脈を増やしていくの？」と。

そしたら「知り合いの洋服好きな人がアパレルのパーティに行くからそこに誘ってもらって人脈を広げる。それが一番の近道じゃない？」って言ったんです。それを聞いた時に私は、それは近道に見える遠回りなのではと思いました。

行動するのは素晴らしい、でも行動の効率が悪い。仮に、そのパーティに行ったとして「この人いいな」と思う人がいたとしましょう。ではあなたがその人に仕事の話をしたとして、その人はあなたと仕事がしたいと思いますか？

これがアパレル経験済み、ブランド持ってます、取引してます等の実績がある人なら分かる。でも、アパレルの経験もない、知識もない、数字もわからない、何をしているのか謎。パーティーで出会って話しながら、その短時間で見られるのはそれ。そんな可能性を感じない相手と仕事をしたいって思える人はいるのでしょうか？ 向こうの得はなんですか？

もちろん、メリットデメリットが全てじゃないですが、仕事でお金も動くってなった時に、そんなよく分かんない相手と組みたいなんて思ってくれる人なんて一握りです。ある意味凄く相手に失礼でもあるし、自分本位すぎると思ってしまいます。仮に話が進んでも、その話に可能性を感じて協力したいと思ってくれる仲間や投資してくれる会社はいるのでしょうか。

まず、相手が仕事したいとか、興味を持ってくれるのもそうなのですが、相手にされる人間になること。

人間関係もそれと凄く似てると思ってます。**色んな人と会ってその人を見極めること、話すだけではなく思考や技を学ぶこと、無意味なもので終わらせず、勝手に自分の知的財産にするんです。**

RPGゲームで例えます。

私のレベルが25だとする。レベル1～24のモンスターと戦って貰える経験値は低いけど、自分より上のレベル30と戦って倒せれば大きな経験値を貰える。その得られる経験値の違いに気付けたらレベルアップするし、気づかなかったらレベルアップ出来ない。

自分のレベルを知ることが大切。きっと今の私ならレベル50の人には戦ってもらえないけど、レベル30の人なら拍手してもらえるかなって段階を踏んで戦えるよう、明確にスキルアップを頑張れる。自分には何が足りなくて、何なら戦えるか明確に見えてきます。

# ②目標・ゴールを立てる

世の中、夢を持ってる人、やりたいことがある人の方が少ないって前に書きました。ちなみに私もそのうちの1人です。

でも私だって、子役にギャルにユーチューバーに色々新しいことを常々やってますが、やっぱり何かに向かって突っ走ってる時が一番楽しいし目標があればガムシャラに頑張れる。

**この右肩上がりに突っ走ってる状態を私は「無双状態」**

**と呼んでいます。**

この前、長い付き合いの社長が起業して失敗しました。その原因って、新しいフィールドへの下積みがなかったり、自分を過信しすぎたり、原因は色々あったけども結局「探り探りでやりすぎた」だったんですよね。**明確なゴールがないから足りないものが分からない。**色んな人からの話を聞いて鵜呑みにしすぎて、ゴールがないから自分がブレて、「あれ、結局自分って何がしたかったんだっけ？」ってなるんですよ。自分のゴールがないが故にブレて自分の会社と心中できなかったわけです。

私も色々仕事やってきて、そりゃ人間だもの、嫌なことだって沢山ある。傷つくことだってある。こんな状態で仕事をして果たして幸せなのか？私が求めてたのってこれなのか?って、解決しないどうしようもないことに悩まされて毎日生理前みたいになることもあった。

だけど、アホみたいに冴える時もある。企画がぽんぽん思いついたり、傷付くはずのことがどうでも良くなったり。メンタルも良くて仕事も順調、それが私の無双状態。

結局この山と谷の差は一体なんなんだろうと思ったら、目標・ゴールがあるか否かっていう単純なことだったっていうのが発覚。とはいえ、**私自身が目標を立てられない人間だったので、無理矢理目標を作った。それが「マンション購入」。**今頑張らずに楽をして稼がなければカツカツになって将来自分が死ぬし、今がむしゃらに金稼ぎ、ステータスを全振りして頑張れば少し安定した未来が見える。

そして、効率良く稼ぐにはどうしたらと考えた時、動画投稿頻度を上げる、案件の金額を増やせるよう自分の価値を上げる、ユーチューブ以外の柱を増やす（例えばこの本もそうだし、プロデュース品の幅を増やしたり）。こんな感じで明確になるわけです。マンション買っちゃったらちょっとやそっとの誹謗中傷に負けて自分の人生棒に振るなんてこと出来なくないですか？

本当の強い目標を立てると、まず地に足がつく。そしてどうすればそれを達成できるか考えた時に、逆算方式で効率よく最善の方法で動けるわけです。**逆算方式とは、ゴールを先に決めてそこから自分に足りないものを明確にしていく方法。**

「大金持ちになりたい」→「たくさんお金を稼ぐ」→「お金を稼ぐにはお金を転がすのがいい」→「金融業が良い」→「金融会社に入る」といった感じで今やるべきことが見えてくる。

大変だとかはどうでも良くて自分がそれがいいと決めたのだからやるしかない。一本の道を無我夢中でいけばいい。

極論だけど、私は自分で自分にプレッシャーを与えないと頑張れないタイプ。頑張ってきた結果がコミットしなくて落ち込む時もあるし。メンタルももちろん大切だけど今無双状態だからメンタルは後回し。自分の未来のために今すべきことを優先する。

# ③自分のした選択を正解にする

生きてくうちに選択する機会って何個も何個も出てくるんです。そこでする選択が正解か失敗かなんて、全てその後の行動次第じゃないですか。その選択が正解になるよう、正解にさせるために意地でも頑張るわけです。

**大切なのは選んだ選択ではなく、その後の行動。**

19歳の終わりから私がニートしてた2年間、何してたかって永遠に家にこもってゲームしかしてませんでした。その結果世界ランカーになってたんですけど、それを親に言った時に「それって何になるの?」って言われたんですよね。確かに、と思って。その時は結局私の自己満で終わったけど、結果数年後にゲーム実況始めて息できたわけだし、その時「失敗したニート」の無駄っぽい時間をいかにお金に変えて活かせるか、意味のあるものにするかが重要だと思いました。

その次の私の中の転機が、とあるゲームの世界大会。日本代表で2名行くのですが、それに選ばれまして。その時に私、めっちゃ叩かれたんですよね。「なんでお前が行くんだ」「もっと他にうまい奴いるだろ」なんて。

それを周りに相談したら「誰が行っても叩かれると思うよ」なんて言われたんですけど、私はその時に「逆にどの女性が行けば叩かれなかったのか」を考えたんです。

もっと影響力がある人、ゲームが上手くなくてもブランド力が強い人、イメージがいい人、そんな人たちがたくさん頭をよぎって猛烈な劣等感に駆られました。でも逆に言えば、理由が明確になった。あとは自分がそれに近づけばいいだけ。その時掲げた目標は「自分の価値を上げる」。そして、ゲームチャンネルを手放し、実写動画に一本化する選択をしました。

2つのチャンネルから一本化することで登録者と再生数の向上、ブランディングを変えて自分とファン層も民度を上げる、そして効率化を計った上での選択。

ゲームをやめる時にいろんな人に相談したのですが、全員に「もったいない、その思考を捨てろ」って散々言われました。そして当時の登録者からは「逃げた」とボロカスに言われました。そう思われることが凄く悔しかったし、ゲームは本当に好きだったからこそ、手放してすぐは未練もあって、結果がコミットしない時は何度も戻りたくなりました。

この選択、失敗したなぁなんて半年近く思ってましたが、そう思えるほど行動してないことに気づきました。落ち込んでても進まない、しがみついてても無駄に時間が過ぎるだけで、私は逃げたと一生思われるだけなんです。

**だから、自分が選んだ選択と心中する。やめて正解だった、このためにやめたんだ、と自分でも世間にも思わせられるよう、振り切りって行動しました。**

ゲームチャンネルを手放して良かったと思えるようになったのは、「価値を上げる」の目標を実感出来た約1年後。登録者数や再生数が増えて安定したのはもちろん、SNSのアクティブユーザーの増加や、自分の活動の横幅の広がり。目に見える数字が私の判断基準になり良くも悪くも価値になる。

当時もったいないって言ってた人たちも、ゲームやめてよかったですね、なんて言うようになるし、民度が低い層は手のひら返しするか消えていくんです。言う人は一生言うけど、それすらどうでもいいくらいになれた。

「成功者はなんでも成功する」なんて思ってる方もいると思いますが、言ってしまえばどの選択を取っても成功させてしまうんです。成功に持っていくこと、大切なのは選んだ選択ではなく、その後の行動です。

10000

# 冷凍うどんアップデート

過去の栄光に取り憑かれてる人って多くいると思うんです。昔の肩書き、昔の自慢話、その他色々あると思うんですけど、常に現在を更新しなきゃダメじゃね？っていうのが素直な感想。それは過去であって現在ではないし、いつまでもその呪縛に取り憑かれてるってただ単に痛く感じる。仕事において「現状維持」よりも「打破」がめちゃくちゃ大切だと思うんです。

**私は常に現状維持をしないよう、打破、打破、打破という感じで現状を変えることを心がけてる。**

さらに上に行くためには満足しちゃいけないわけで、常に今を更新していかないとダメ。

そこで私がやってきて是非オススメしたいのは、

**今持ってるものを破壊してゼロにする。言い方を少し変えると、自らドン底へ落ちる。**

ドン底に落ちて落ちて落ちた時、人間は這い上がることしか出来ないのです。

19才の終わりから約2年ニートをしていた時、目黒のタワマンが持ち家で、収入は0に近いけどギャルの時に貯めてた貯金3500万で息してた。起きたらゲームをひたすらするだけの日々で、主にかかるお金はソフト代。

あとはご飯の冷凍うどん代と、たまに出前の食費、光熱費、管理費、そしてタバコくらい。外に出ないから人にも会わず美容室に行く必要も洋服を買う必要もない。その生活はストレスなく、むしろ好きな時間に寝て起きて時間気にせずゲームが出来て楽しい気持ちが大きかった。

そんなニート生活が続くと、「仕事しなさい！外に出なさい！」って栃木から親がわざわざ言いに来るようになる。私は、自分が頑張って手に入れた環境に甘えて何が悪いのか、誰にも迷惑かけずひっそり息して何がいけないのか、頑張って働いて何になるのか、そもそも働かなくていい環境なのに何故働かなきゃいけないのか、本当に意味が分からなかった。

ノイローゼになるほど「働きなさい」と言われ続けても、「働きたくない！」と思って頑なにニートをし続けた。

貯金が3000万を切った頃。「この貯金もいつか消える、ずっとこの生活が出来るわけじゃない」と不安を初めて感じたものの、「まだ大丈夫っしょ」っていう余裕がまだあった。

しかし続く母からの働け攻撃、そして残高問題で「永遠にニートが出来ないかも」という私の不安。気がつけば不自由ない生活もストレスの方が増えていき、どうしたら母を黙らせて私の不安も消えるか考えた。

## 自分が築き上げてきたモノ、作り上げた環境はいずれ自分の甘えになるのでは？

生きていくだけでお金はかかるから、働くしかない。でも、この環境があるから甘えてしまう。理想の環境のために頑張って、そして手に入れたら頑張る必要がなくなる。そしてまた頑張るためには…

**自分で築き上げた環境を全部壊す。**

なんか持ってるからストレスになるんで、持ってるものすべてごとストレスといっしょに無くしたい。

持ち家のマンションを売りに出し、小さいマンションに引っ越して、新しい通帳を作り3000万切った通帳とカードは親に渡す。自分で築き上げた環境もお金も手放してゼロの状態にした。

逆に言えば、私はそこまでしないと頑張れない人間なのだ。少しでも甘えてしまったら、甘えが余裕になってしまい頑張れない。自分が「頑張らなきゃいけない環境」を作って自らを追い込まないと頑張れない。

そんな極限状態を自ら作りいざ置かれたら、今まで通りゲームしてる場合でもニートしてる場合でもない。このままじゃご飯も食べれないしタバコも買えなくなる。すぐさま雑誌のモデルを復活して、ブログも復活して、稼げると聞いたユーチューブも実はこれがキッカケで始めた。

そしたら私は自分でビックリした。人間、あんなに働きたくないと思っていた私ですら追い込まれた環境に置かれたら、やるんだなと。むしろ、もうやるしかないから想像以上に頑張れる。

**どん底になればもう頑張るしかない。這い上がるしかない。**

# 3億円

ユーチューブを続けて安定した時期が続くと、私はまた頑張れなくなった。誹謗中傷にストレスを抱えながら嫌な気持ちで動画を出す必要はあるか？嫌な思いしながらこんな頑張って何になるんだ？メンタルボロボロでお金があっても幸せじゃない。そんな時にまた私は考えた。**どうしたら働かなくて済むか。最低限のお金だけ稼いでストレスフリーな生活をしたい！**

ニートに戻りたい訳ではないけど、もう嫌な思いをしながらたくさん仕事をしたくない。大きな出費である家賃さえなんとかなれば、食費とか服代だけを稼げればいい。となると、また家を買えば自分のペースで仕事量も調整できるし、ストレスも減るのでは？と思った訳で。

だから、私は2021年に完成予定の約2億円のタワーマンションを買うことにした。

とはいえ、実際の場所を見に行ったこともなければ、どの部屋かも大体しか分からない。マンションは私が指定して親にとりあえず良さそうな部屋を決めてもらって私が契約。

私は未来の自分のため、今をがんばるため、億ションを購入したのだ。母に2千万のベンツを買った時は特にモチベに繋がらなかったけど、2億のマンションは流石に繋がる。実質、約2億のマンション、リフォーム費用、税金、保険諸々の全てを合わせたら支払いだけで3億円くらいになるだろう。となると、私はそれ以上を稼がなければいけない訳だ。逆に稼がなければ借金まみれになって終わる。

マンションを買ったことにより凄く仕事に意欲的だし、仕事の幅も広がってる。そして今は頑張った方が良い状況と分かってるからこそ、自分を頑張らせるためにもなった。何より自分の人生がかかってる訳だから。

現状に満足しん

あつだる上に登れないから、

常に腹八分状態が良い

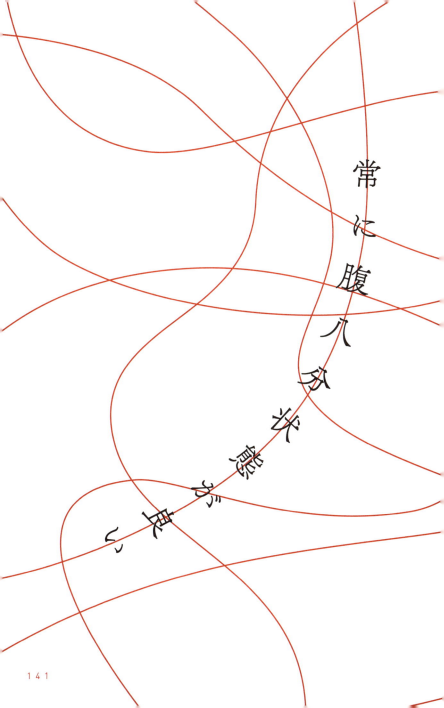

# 登山方式

ゴールを決める話で「逆算方式」について書いたが、他に「登山方式」もある。

私も自分の可能性を広げるためによくやるし、スポーツ選手とかもやっている人が多いと聞く。足りないものが明確に見えない人向けだ。

登山方式と言うのは三角形のてっぺんにゴールを置く。そしてそれを達成するにはどうすればいいかを連想ゲームのように下に書いていく。

例えば、**てっぺんを「有名になりたい」**にする。

そしてその下には、**有名になるにはどうすればいいかを可能な限り書いていく。**

・SNSに力入れる　・有名な人と繋がり売名　・雑誌に応募

・ユーチューブを始める　・事務所に所属

など、思いつくだけ書く。そしてその下に更に関連するようなことを書いていくのだ。

**SNSを始めるなら**

・RTを多く貰えるツイート作り　・TikTokでトレンドに入ってるものをやる

**有名な人と繋がるには**

・イベントに参加　・人脈作る　・SNSを利用

**雑誌に応募するなら**

・雑誌を買い漁る　・宣材写真を撮る　・スナップ募集情報を見る

**ユーチューブを始めるなら**

・バズる企画を考える　・編集技術を学ぶ　・ユーチューバーの知り合いを作る

**事務所に所属したいなら**

・事務所の企画に応募　・入ってる子と友達になる

などなど。

そしてまたその下段にそれに繋がるにはどうすればいいかを連想ゲームかのようにどんどん書いていく。

これを繰り返すとどれが今の自分に向いてて実践しやすいかが分かる。低層が今の自分に近くなっていくのと、低層に近づくにつれハードルが低くなるため実践しやすくなるのだ。そして明らかになったゴールへの道を登り始めればいい。得意なことばかりだから登りやすいはずだ。

**人に聞く前にまずは自分で考えるということ。**自分の中の案を思いっきり出して、自分に合うもの・実践できることを考えて欲しい。これになりたい、これをしたい、なんて思いつくことがあっても、そんな時たまのアイデアなんて皆思いついたとしても行動できない、やり方が分からないなんて人が多い。でもそれって単なる甘えにすぎなくて、そここそ努力すべきであり、結果を出してやっと一人前だと思う。

今の自分には何が向いてるか、新しく流行るものは何か、気づける人はすぐ気づいて金を生み出す。多分その人たちはお金が入ってくるよりも、お金を生み出すことをやっているのが楽しい人たちだと思う。

まず自分の戦える場所を確認して。例えば楽器もできない絶対音感もない歌も特別うまくない、そんな私が音楽のフィールドに立たされても勝てる気がしない。

なので、自分の可能性を信じすぎず、自分をよく分析、そして客観的に自分を見るようにすべき。他に負けない何かの強みを作って。

# 合体方式

「合体法式」なんてものもあって「競合に負けない何か」いわば「自分の強みプラス$\alpha$」を考える。何をすれば流行らせる起爆剤になるか考える脳を持つ。この仕事をしてると新しいアイディア勝負になってくるわけだけど、もう新しい何かなんて想像するのも難しい。ってことで私がよく使うのはこの合体法。

昔コスメプロデュースで口紅を作る話をもらった時に、メイクなんてフィールド外だし口紅なんてもうすでに沢山あるし自信持って売れる見込みがない、って時に、私が出した案が口紅とグロスの2in1だ。今では既に市場にも沢山出ているがその当時はなくて、結局予算オーバーで話は流れてしまったのだけど。他に負けない何かを作るには何かをプラスしなきゃいけない。その時は「口紅＝頼まれた仕事」「グロス＝プラスアルファ」のようにして、既にあるものを合体すればそれで新しい何かが生まれる。

自分が商品プロデュースする際に考えることは常にそんな感じ。新しい何か。でも新しい何かなんて私が考えてることは他の誰かもきっと考えてるし、新しい何かは自分の想像内では限界がある。だからこそ、別の何かを合わせることによりそれはきっと新しい何かになる。

私がプロデュースしてる育乳ブラだってそうだ。育乳ブラなんて既に市場で出てたし普通に戦っても負けるからこそ負けない何かプラスαを探す。睡眠中や日常以外で、運動中もつけられる、ダイエットしてもバストダウンしづらいなんてブラの機能の組み合わせを考えて、そこまでやってるものは少なかったからこそ需要があると確信したし、おかげさまで今も売れている。

# 泥水おいしい

なぜ何度も挫折から這い上がれるのか。

単刀直入に言うとそれは自分が諦めることだ。

諦めるっていうのは言い換えれば、切り替えをする・期待をしない・許す、だ。

私は心を折られる「挫折」の経験も、物事がうまくいかず「失敗」することも、どうにもならない状況で自分が「妥協」せざるをえないことも本当に人一倍多かった。

表のてんちむしか見てない人たちはそれって大袈裟じゃない?と思うかもしれないが、橋本甜歌はそれが多すぎて自殺未遂を2回している。笑えん。でも結局そこで死ねなかった自分にも諦めて現世にも期待をしなくなった。

みんな病んで病んでどうしようもない時ってあると思うんだけど、結果どうにもならないから病んでも無駄。そんな時私は、**「あ、そうだ私現世捨ててるからどうでもいいや。散々消えたがってたじゃん、そもそも捨ててる人生に何を期待してるの?早く来世で息したいんだ」**って。

そんなことに自分を傷つけてまで全力を注ぐのを無駄に感じた。タラレバ言うだけ時間は戻ってこないし無駄、だったらタラレバ言わなくてもいいような未来を作るしかないのだ。こんな性格の自分を諦めて切り替えて上手く付き合う方法を探す、認めてもらうことを諦めて人には期待せず自分を過大評価しない、人を諦めてそういう人って許す。そうすると割とどうでもよくなる。どうせ生きなくてはいけないのだからという諦めだ。だったらどう生きていくか、病まずに済むにはどうすればいいかを考えて行動した方が良い。

## てんちむとは／幼馴染・しんちゃん

「しんちゃん、仕事関係でお願いがある。電話出来る？」

いつものように甜歌からLINEが来て、すぐに電話が鳴る。

内容はこの文章を書いて欲しいという事だった。

今までに数え切れないほどの相談やお願いを受けてきたが、これほどに頭を抱えることはいまだかつてない。

なぜなら文章にしてしまえば彼女と言う人間が薄く、浅くなってしまう気がしたから。

出会いは20年以上前の幼稚園の頃。

〝一般人〟橋本甜歌であった頃からの甜歌を知る友人は自分だけだろう。

小学生になるとすぐに甜歌はテレビの人になり、同じ幼稚園で育った友達がテレビの世界で活躍しているのを見るのは幼いながらにもかなり衝撃的で、テレビで見る甜歌は周りの誰よりもキラキラしていて全てが順調に見えていた。

しかし、その後何かが壊れたように豹変した甜歌を見て、本当は誰よりも辛く絶望さえも感じていたことを僕は知った。

世間から見られる自分と本当の自分との葛藤、不特定多数の顔の見えない人達から毎日監視されるようなバッシング、そのストレスから自分自身を壊していた。

プレイボーイのスウェットにキティちゃんの健康サンダル、濃いメイクにピアスに金髪。

当時は僕も同じように荒れていて、ヤンキー風の仲間も沢山いたが、甜歌はただ目立ちたいだけで悪さがかっこいいと思っていたような人達とはちょっと違った雰囲気。

昔からの甜歌を知る身として、守りたくなるような闇と弱さがあった。

中学後半になると、趣味で始めたSNSやブログも「元芸能人」というレッテルですぐに世に曝《さら》け出され、中学生だろうがそんなことはお構いなく袋叩きにされ、プライベートなんてものはなかった。彼女が芸能を辞めたかった理由でもある「普通の生活」は一切存在していなかったのだ。

そんな辛い日々の中、彼女は自分自身としっかり向き合い、ピンチをチャンスに変えた。

ビジネスでの才能を開花させたのだ。

先日、二人で街に出掛けた時に、僕は不覚にも涙が出そうになる。冷たい視線に後ろ指を指されてた頃もあったが、今では彼女に会えたことを本当に嬉しそうにしている人達の笑顔で溢れていた。何よりも彼女が嬉しそうにしているのが嬉しかった。

僕は彼女ほど自分のレベルを上げようとする人を知らない。

人と比べては落ち込み、「自分には何が足りないか」「自分の強みは何か」常にそんなことを考えている。

そして、彼女自身のことだけではなく、周りの人間にも目を向けられるのがすごいところ。


僕だけではなく、何人もの人が彼女の仕事に対する考え方や彼女自身の人間性に感銘を受け、知らず知らずに彼女からきっかけをもらっているのだと思う。

そしてそこから芽を出した人達が彼女に還元し、Ｗｉｎ－Ｗｉｎの関係を築くことが出来る。

彼女には周りの人間を良い意味で巻き込む力と魅力がある。

消し去りたいほど辛い過去から、今に至るまでの様々な経験や全ての感情、良いところも悪いところもクズでぶっ飛んでるところも全てを含めて、彼女なのだ。

何度も何度も自分に絶望し、何度でも立ち直る。そんな人間臭いところこそが彼女の最大の魅力である。

彼女はモンスターのようにこれからもいろんな意味で成長し続ける。

そんなモンスター「橋本甜歌」そして「てんちむ」を僕はこれからも愛している。そして何より彼女自身に自分を愛して欲しいと思う。

MARIONCREPE

# 私は食べログ

人間関係でも仕事でも私が意識してる、食べログ方式と言うものを教えたい。

私がお店で、出会う全ての人は私を評価するお客さん。自分と過ごしてもらって評価されたのが私の点数であり、それが私の評判になる。そしてそれは自然と口コミになるわけであって、「てんちむってどういう子?」という質問に「良かったよ!」って言って貰えるような人でありたいと思っている。

**食べログ方式の本質は相手の気持ちを考えてしゃべり、それで嫌な思いをする人がいなければ平和な世界になるってこと。**それを意識してたら相手に不快感をかけずに済むし、相手に与える不快感が私の不安とストレスに繋がってしまうのを避けられる。

他人のためにやっているように見えて、あくまでも自分本位、自分が主体なのだ。自分が他人からの評価を気にしてそれがストレスになったため、**良い評価を得る＝ストレスがない**のでは？Ｗｉｎ－Ｗｉｎじゃん！と思い、勝手に食べログ方式と名付けて意識した。

無理矢理ではなく、したいからする。自分のストレスになると思うことや無駄だと判断したことはしない。あくまでも〝私〟でいるのだ。

いいなと思った相手には「そこらへんの女の子」って思われたくない。

自分の代わりがいると思われたくないから、差別化を図りたい。「この子、めっちゃ面白い。また会いたい、また仕事をしたい」と思わせる努力というか、私じゃなきゃできないことを提供したい。

そしたら自分もストレスなくなるし、相手のことも考えられるようになるからこそ、もっとこういう考えが増えれば平和な気持ちで息できるのになぁなんて思ったりもする。

例えば、ファンサービス。もし自分が街中ですごい憧れの人と出会って声をかけたら、どんな反応してほしいかって考えながら対応してる。ファンには求めてくれるてんちむでいたいし、何よりファンあっての自分だから。もちろん連絡先交換はNGだけど、写メも思い出に残るから撮るし握手も全然する。仮にそれがプライベートで誰かと一緒にいた場合でも、声をかけられたらもう甜歌ではなくてんちむなのだ。一緒にいる友達は自分のことを分かってくれるし、対応してるだけで浅くなるような関係でもない。むしろ対応できなかった時、感じ悪いように思われたかなぁなんて落ち込んだりする。その心の後味がマイナスになるのが嫌なのだ。

撮影の時も私は撮った写真を見て素直に「可愛い！」と反応する。撮影風景を動画で載せたら「ナルシスト？」ってコメントも中には来るんだけど、私の意図はそんなものではない。

「カメラマンさん可愛く撮ってくれてる天才！」「メイク可愛いすぎてこんな可愛い自分初めて見た！」と言うことによって、現場の雰囲気は良くなるしカメラマンさんやメイクさんのテンションも上がってくれるのだ。

実際、可愛くしてもらって可愛く撮ってもらってるしそれが仕事だ。仕事だから当たり前であるかもしれないけど、感謝を表現することによって嫌な思いをする人はいないし、敬意を払う。**そしてまたてんちむと仕事したいって思えるような人間でいたい。**

人はうまくいっていると自分の力って過信して勘違い（見失う）する。辛い時に支えてくれた人の存在が薄れて、全部自分の力だと思い込む人が多い。だからこそ食べログ方式を意識すれば、自分も相手も大切にできるのだ。

# 四六時中監視カメラ

世は噂好きだ。

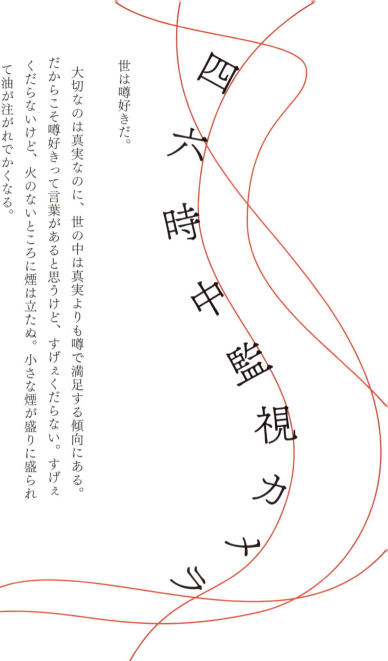

大切なのは真実なのに、世の中は真実よりも噂で満足する傾向にある。だからこそ噂好きって言葉があると思うけど、すげぇくだらない。すげぇくだらないけど、火のないところに煙は立たぬ。小さな煙が盛りに盛られて油が注がれでかくなる。

噂なんてどこで流れるか分からない。飲みに行くバーの店員かもしれないし、仕事で関わった人かもしれないし。

人の目は気にするけど、自分から人に興味を持つことはあまりない。他人のことをとやかく言っても意味ないし、自分のレベルを上げてる方が有意義だからだ。ところが、**世の中は他人に興味を持ちすぎてると思う。**

マイナスな噂や評判すら信用させない人間に自分がなることが一番。だから、私は「常に監視カメラに見られている」と思って動いてる。言わば、常に「てんちむ」だ。スッピンも晒している私は、どこに行っても「てんちむ」と身バレしてしまうことから、いつどこで誰が見ているか分からないと思うようになった。だからこそ常に「てんちむ」でいる意識をして、いつどこで見られても恥じない自分でいる意識を持つ。それはきっと私が知らない人から見た私の「評判」になるから。

てんちむに恥じない自分でいることを意識すれば、「てんちむってこうなんでしょ?」と悪いことを聞かれても「そんなことないよ!」と流されず否定してくれる人がちゃんといてくれるようになるのだ。

家族の
模範解答なんてない。

# 血縁に囚われるな

## てんちむとは／弟・竜二

橋本家はかなり特殊だった。産まれたときから他の家庭とはまるで違う。両親がどちらも自分の会社を持っていてバリバリ働いていたため、子供はどちらも産まれてすぐに中国の祖母に2歳から3歳まで預けられる。そして手間があまりかからなくなってから日本の両親の元に帰ってくる。これは母親の妹たちも同じで、姉も自分も同い年のいとこと共に育った。

これだけでもかなり特殊なのだが、まだまだ変わっているところが多い。橋本家にはお小遣いや、お手伝いのお駄賃というものがない。欲しいものは大抵買ってもらえるし、友達と遊びに行く時は欲しい額をもらえる。駄菓子屋くらいしか使いどころが無いにも関わらず、「今細かいのがないから」と、一万円札を渡される事もあった。そんな環境で育ったこともあり、小さい頃はお小遣いやお手伝いに憧れ、お風呂掃除100円などと書かれた表を作ったりもした。その反動か、今も姉の動画にお手伝いで出演する時は1本いくら、再生数が伸びたらいくらとお手伝いの形を真似していたりする。

姉を語るのになにがふさわしいかと考えたら、それは「流行を逃さない嗅覚と精神の強さ」だと思う。これは姉自身が努力してついて行くのではなく、姉がやり始めたことが少し経ってから大きな流行に変わっているということ。しかも流行してからもその波に乗るのが上手い。

ギャルの時も流行の中心で活躍し、FPSにドはまりしていた頃にはEスポーツがどんどん認知されていき、ユーチューバーの時代の中でも活躍をしている。この他にも本人は言ってないが、ニコニコ動画やコスプレイヤーなど、世間に認知される前々から予言していた。

そして凝り性な性格も相まって成功を収めている。この才能はなかなか得られるものではなく、姉を象徴している。

しかし、姉はどんなに仕事が上手くいっているときでも自分が不幸だと言う。それは子役時代から始まり、モデル、ユーチューバーなど常に多くの人の目にさらされる世界に身を置き続けたせいかもしれない。

姉はめったに怒らない。かといって気にしていないと言うわけではなく、ひたすら耐えられる強さがあるのだ。これは仕事にも生きているように思う。

だれしもが自分を良くみせたかったり、見せたくない部分を持っていたりする。しかし姉にはそういったことを仕事のため、今なら動画のために乗り越えるメンタルがある。求められれば一般の人が苦難と思うことさえも乗り越えて応える。だからこそ成功することができているのだと思う。

# 父

まず、橋本家について。橋本家は中国人の母、私、そして6つ離れた私立医大に通ってる弟、そして犬3匹、猫1匹で息してる。

私は父を末期の肺がんで亡くした。私が12才の時。中1の6月19日だ。お見舞いに行った回数は1回しかない。

私は良いお父しか知らなかったけど、振り返ったら父って良い父だったのかは分からない。

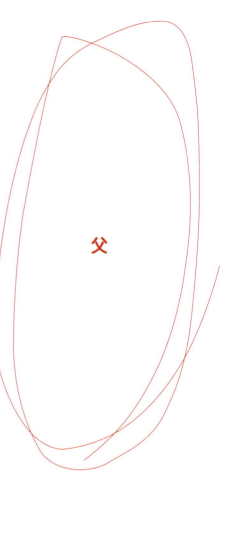

お父は自分の会社を持ってて、鉄工場をやってて、車の部品の下請け会社の社長をやっていた。そんでギャンブル依存症だった。ギャンブル好きとかじゃ無い、依存症。

今はダメだろうけど、当時は幼稚園の時から小学生半ばまで競艇、競馬、パチンコスロットを週末になるとはしご、日々ローテーションで連れて行かれて「子供は運持ってるから！好きな数字言いな！」って言われて好きな数字言わされた。私の運を使い切ったら次は弟が餌食にされて、競馬、競艇、パチンコに連れて行かれた。競馬が好きすぎて足利競馬場で馬飼ってたくらい。ごく稀に遊園地もどきと釣りにも連れて行かれたけどその夜はパチンコで打ち上げだ。

ママはパブのママをやっていたので夜は家にいない。ママが出勤の時は私たちは家から徒歩40秒くらいのお父のいるパチンコ屋に出荷されて閉店22時までスタッフさんに遊んでもらったり、同じように待ってる子供達と遊んでた。

どれくらいギャンブル中毒かというと家にいる時は飯か睡眠、それ以外は仕事かパチンコ。

しかし借金は無い。自分の範囲内でやるらしい。朝8時に起きて横にある自分の会社に出社してやることやって17時くらいに仕事終わって18時から勝負だ。

そんなんだけど今思っても、私はお父のいいところしかしらない。ギャンブルだって別にいい。スロットでレバー押すのもその当時は楽しかったし、家で1人で待たされるよりもスロット屋にいる方が皆いて楽しかった。って思ってたけど、今の年齢になってママ、よく耐えたなって思う。

そんなお父はママと21歳差?だったたんだけど、その時の私の視野は狭くて、親っていう風に一括りでまとめてた。親の恋愛とか馴れ初めとか人生とか『母親失格』※で初めて知ったし、親の人生を100知ってるわけでは無い、むしろ20くらいしか知らないと思う。いや、20も知らないかも。

**※ 母親失格**

2011年「中学生失格」(後述)というてんちむが書いた日記を読んだてんちむの母親、橋本文華さんが書いたアンサーブック。てんちむを産んで育てた経緯と17歳のてんちむへのメッセージが詰まっている。

私のママは今でも再婚とかもせず、1人を楽しんでる。母だって1人の人間で女だから、「再婚しなよー」とか言うけど結婚は懲り懲りらしい。でもすごく人生満喫してて楽しそう。そして絶対に「お父さんは最高の人だった、来世でもお父さんと結婚したい」っていろんな人の前で堂々と今でも言う。私はその言葉を聞いて、2人の間に愛の形として生まれてきて本当に幸せだと思う。

**お父の癌が発覚したのは私が小6の頃。そして私の人生の後悔。**

てかそもそもお父の咳の仕方が本当にやばかったのに、いくら病院勧めても行かない。結果病院行ったのか会社に保険の人に来てもらったのか分からんけど、家に保険っぽい人が来て深夜まで1階でママとお父と3人で話してる。私と幼稚園年中の弟は話聞きたくても「来ないで!」って言われて2階で寝てて弟はそのまま寝たけど私は良くない予感しかせず全然眠れなかった。その時末期の癌とかは言われなかったけど、なんかだいたい察しがついた。親って多分子供のことを甘く見てるというか、子供として見てるというか。でも私はその癌がどれくらい恐ろしいものなのか全然分からなかった。

　そのまま父は入院した。だけど私は仕事もしたし、友達とも遊んだ。それで一度、ママからお見舞いに行こうって言われたことがあるんだけど、永遠に断り続けた。世間では忙しくてお見舞いに行けなかった、となってるけど、正しくは私が断り続けてたって方が正しい。


　父と向き合う覚悟が自分になかった。**自分が崩れそうで怖くて、ショックに耐えられなさそうで、自分の父が長くないって知っててどう話せばいいかも本当に分からないというか、その時あるべき自分でいれる覚悟がないというか、これを全部言い訳にするとしてまとめれば、怖い、だった。**全てが、怖い。大切な人を失うっていうのを突きつけられることに、その時の私は向き合えなくて逃げていた。

　というものの、一度強制的に連れて行かれてお見舞いに行った。一度きりだ。それが最初で最後。行きの車は空気が重いし、ママにはお父の前では絶対泣かないでって何度も言われてた。泣かないでとか言う割になんかハンカチかポケットティッシュか一応渡された記憶がある。ちなみに弟は2回お見舞いに行った。1回目はガン泣きしたけど2回目はDS持って耐えたらしい。まじで私より出来る。多分、強制的に連れて行かれたのは自分の中である程度の覚悟を持てたからで、大丈夫、きっと大丈夫だろう的な何かがあった。おそらくイメトレをしてた。

ってな感じで病室入って0.5秒。お父が見えて一瞬時間が止まった感じ。そこには太ってた体もガリガリになってて、抗がん剤でパンチパーマだったのが髪の毛ゼロになってた。お父なんだけど目の前にいる人は知ってるお父ではなくて、私の感情はよくわらないいままだがとりあえず雷が落ちたくらい凄く衝撃を受けたのと、大好きな人の変わり果てた姿を見るのは本当に怖くて苦しくてショックがデカかった。

このままじゃ泣くなと思って、入って挨拶もせずにまじで3秒くらいでトイレに行った。しかし運の悪いことに病室の中にトイレがある。でももう涙がすでに溢れてるので声を殺してトイレで泣いた。まじで一言も発さずとりあえずバレないように踏ん張って泣いた。ママからもらったポケットティッシュはすぐ使い切って鼻にかさぶた出来るほどトイレットペーパーで静かに鼻かんだ。

私は結局何の覚悟もなかったし、何もできない自分のちっぽけさも苦しかったし、何もしようとせずこういう本当に向き合った時だけ都合よく泣く自分にも苛立ったし、向き合うことの辛さに立ち向かえない確信と、運命に対しての悔しさもあった。

何度涙を止めようとしても深呼吸してもまじで止まらなくて、結局トイレから出れないまま、何分か何時間か経ったか分からないが、目を見れないまま病室を出た。

それからしばらくしてお父の自宅治療が始まった。ママは当たり前にすごい頑張ってたが、私と弟は積極的じゃなかった。分からないのだ、接し方が。これから失うと分かってるのに、側にいることが苦しいのだ。だって側にいてまた一緒にいてこれ以上思い入れが増えたら死なれた時に今以上に苦しくなるし、それこそ向き合えないし耐えられない。あの病室であった思いをしたくない。

めっちゃ最低。私は結果自分を守った。出来るだけ家にいないよう、仕事の帰りの電車遅らせたり、自分を守るために距離感を保ってしまった。もちろんたまに会話する。でも自分が積極的にお父に対して何かするとかは無い。怖くてできなかった。自分を守るのに精一杯。

そしてお父は亡くなった。

部活中、学校の先生に親から電話がきて「早く帰りなさい」って言われて帰れば駐車場に車がブァーって集まってて、まあ察せることだ。その時の私には覚悟が付いていていた。きっと程よい距離を保ったから、死ぬほど苦しくはなかった。どちらかと言うと病院の時変わり果てたお父を見たときの方が苦しかった。とはいえ、もちろん家に帰って改めて亡くなった姿を見た時は泣いた。でも死期が近づいているのはそばで見てるから分かっていたし、自宅治療で苦しむお父を見てこんなに苦しみながら生きるのはもっと地獄なんじゃないかと思ってたから、やっと逝けたことにホッとしたことも覚えてる。お通夜があって、翌日には復帰出来るくらいすぐ立ち直れた。テレビの仕事も変わらず穴を空けずに済んだ。

以上のことを私は後悔している。

十年以上経つが、向き合うことが怖くて自分を守って逃げたことも、お通夜の翌日には学校に復帰できるくらい心で距離感を取ってしまった自分にも、その時楽しいことを見つけて逃げた自分にも、大事にしたかったのに、それでも自分を守ってしまったことにも。

家族しか信じるものがなかったくせに、失うのが怖いとか、その後の自分のメンタルとか、そんなことに臆病になって、本来心中できた人と全然心中できなかったこと。ただただ悔しい。

いくら未熟でも、側にいてあげるとか、思い出作るとか、なんかもっと出来たはずだ。

この後悔がいつしか私が私を嫌いになる理由にもなり、自分自身を信じられなくなった理由にもなった。でも私はそれでも大切なものを失う怖さにきっと今でも耐えられない。だからこそ今でも程よい距離感を作ってしまうし、本当に大切な人をあまり作りたくない。

でも、伝えたいことは伝えないとゼロ。やりたいことは行動しないと意味がない。

お父の死後に自分の実力がついて何かできるようになってももうその人はこの世にいない。実力がなくったってできることは死ぬほどあったのに、何より自分を第一にしてしまった自分が苦しい。

多分私はこの後悔を一生抱えると思う。だからこそ人を大切にしたいけど、そのとき同じ状況に立たされたとき、私はまた逃げないか自分が不安でもある。

# 母

父が息を引き取ったその後から私と母の関係性は悪化した。過去に出した『中学生失格』※など見てくれてる方は知っていると思うので省きますが、放っておいてほしい私と過干渉な母。私を大切にしてくれる感じがありがた迷惑で、私は母をよく傷つけてしまっていた。母は主観的、私は客観

**※中学生失格**

2010年発売の書籍。てんちむが中学1年生、13歳の時につけていた日記がそのまま発売になった自伝的「リアル中学生日記」。子役をやめてギャルになってから3年間の誰にも見せるはずのなかったてんちむの思いが綴られている。

的。その違いから、私は母を反面教師にしていた。

だけど、気がつけば今や尊敬しかない。

きっと昔は「母」としてしか見れなかったけど、母の前に「女」であり「人間」なのだ。昔は私が幼くて理解できなかった面も、歳を重ねるごとに理解出来てしまうし、きっと私が母にならないと分からないこともまだまだある。


皆さんは自分の親が歩んで来た人生を聞いたことはありますか？

私は母が出した『母親失格』で親の人生を知らざるを得なかったのですが、それは私が想像を絶するくらい大変だったと感じました。だって冷静にすごくないですか？

中国から日本に来て、文化と言語の壁もあって、そして夫を亡くして反抗期全開の私と、まだまだ幼い弟を女手一つで育ててくれたんですよ。

そして今は女としても母としても、自分の人生をすごく楽しんでいるように見えます。

**うまくいかない親子関係の溝を埋めるには、自分の考えが正しいと盲信して押し付けるのをやめること、お互いの価値観や考えを否定せずに受け入れること。**

長い年月がかかったが、これが出来るようになったことで解決された気がする。

家族で尊重し合えるような関係が作れたら、自然と支え合いたいと思える家庭が作れるのだ。

そして、自分の人生のキーマンを母だと認められたこと（実は割と最近。笑）。この本でも「母がこう言った」という部分が多々出てくるのだが、母はいつも本質を突いてくる。そしてハッとさせられることが本当に多い。盲点だった部分をちゃんと気づかせてくれるのだ。人生の大きな転機がある度、良かれ悪かれ悔しくもそこには母がいてしまう。

恋愛においてもそうだが、距離感が近いと私は盲目になってしまう。

それは家族にも当てはまることで、近すぎると大切だということを忘れてしまうのだ。

一人暮らしをして離れることでやっとその大切さに気づくことができたし、照れ臭いけど家族に対して少し優しくなれた気がする。

**やっぱり家族も程よい距離感が大切。**でもそれと同時に、血の繋がった家族ですら程よい距離が必要なのだとしたら、赤の他人ならもっと難しいのでは…と絶望感にも駆られた。

でもきっと家族のあり方に模範解答なんてものはなく、自分達に合うものが正解になる。

私たち家族は、これでうまくやって来れているのだ。

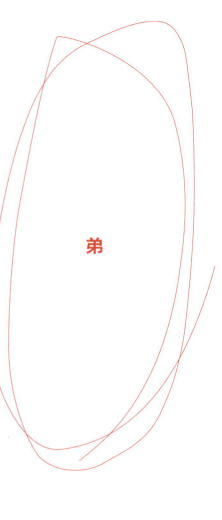

# 弟

私が「あ」なら弟は「ん」。私が「右」なら弟は「左」。**私たち姉弟は正反対に生きてきた。**

私が母を反面教師にしたように、弟は私を反面教師にしてきたのかもしれない。

私と弟は歳が6つ離れてる。「てんてんが凄くワガママだったから、下の子を産んだら優しくなると思った」とのことで生まれたのが弟だったのだが、大好きなのに時に憎く、私は一人暮らしするまで弟に優しくできなかった。

私は弟が分からない。

「不幸だ、いつ死んでもいい」と言う私とは真逆で、弟は「死ぬのが怖い、生きたい」と言う。

私は何度もどうしようもならない環境や運命を憎んでは苦しみ、もがいていたのだが、弟は今も今までも「自分は恵まれてる、幸せだ」と言うのだ。もし私が弟ならば、幼くして父を失う運命も、私が姉ということも、決して普通とは言えない家庭環境に置かれたことも全て憎んで神を恨んでしまう。

「なぜ死にたいと思うの？」と弟は私に聞くのだが、幸福度の違いなのか、はたまた脳の造りの違いなのか。生きてて辛いと思うことが記憶に残る私と違って、弟はそんな環境、運命すらも許せて、自分は恵まれてると思えてしまう優しい人なのだ。

そんな優しい人になってくれたのは、弟自身の考えや気持ちももちろんあるかもしれないが、幼少期から思春期まで私と父の代わりに沢山の愛情を注いでくれたであろう母と、弟自身を愛してくれた沢山の友人のお陰なのだと思う。

「女は一生綺麗にいなさい、男は中身を磨きなさい」と母は言うのだが、私が中卒で学歴を失敗していることから、弟の人生は失敗ないようにと色々考えたのだろう。母は弟を私立中学校に行かせ、「お医者さんになるとあの車に乗れます！」「弁護士さんになればこのくらい稼げます！」「そのためには勉強が必要です」と、とにかく子育てに励んでいた。そして、その期待を裏切らない弟に私はいつも「あなたの人生、ママの言うことばかり聞いていて本当にそれで良いの？」と、常に疑問を抱いてた。

小学生の頃に、やりたいことあるの？と聞けば「野球選手か医者か弁護士」って返されて、親の洗脳をまんまと受けてると思って不安になったのを覚えてる。きっとそうさせたのは反面教師になった自分のせいでもあり、罪悪感もある。弟に自我があるのか、母のために自分を殺しているのではないかと不安に思うこともあった。

そんな弟に夢が出来た。

冒頭でも話した通り、弟は死が怖い。それもただの恐怖ではなく、異常なくらいの恐怖らしい。死にたくないという思いから、生物の寿命を伸ばす学者になりたいという夢を持ったのだ。そして、今医学部で息してる。

私は中卒で、弟は医学部。青春の代わりに私は働いて、今現在も稼げる環境を手に入れられたからこそ、私は学歴コンプレックスを感じることはほぼない。だけど仮に私が一般人だったらそうともいかない。学歴は自分の人生の選択肢を増やしてくれるし、一種のブランドであり判断材料にもなる。

**もちろん学歴が全てではない。しかし、無知は恥になることもある。**

知識や情報は自分の味方になってくれる。

姉らしいことができなかった私すらも誇りに思ってくれる弟。そんな弟の持った夢を私は全力で応援したいし、家族としてずっと支えていきたいと思う。

神なんてな、
本当に助けて欲しい時に
どんなに心底願っても
助けてくれねぇからな！

都合よく願われる
神も大変だからな！
信じるものは
己じゃ

# ブ＆ス

今自分を可愛いと思うことが怖い。無双状態に突入してる時や仕事中は全然思わないし、ＳＮＳに自撮りをあげるのももう仕事の内なので流石に割り切れるようになったけど、仕事に関連付かないプライベートの写真は苦手。

今でもツイッターで自撮りを載せた後、「ブス」ってリプが来るんじゃないかって思うと怖い。テレビの撮影なんて自分で映りを確認できないから、放送後の評判も怖くて仕方がない。

こんなことを言うと、絶対嘘でしょ？って言われる。しかし、私のことは私しか知らないのだ。世間のイメージのてんちむとプライベートの甜歌は天と地くらいの正反対。

私をそうさせたキッカケは、まだ自分のことを可愛いと思っていた頃。自分は可愛いと思っても、コメントでは「ブス」「老けた？」と来るのだ。そして気がつけば、動画の内容に対するコメントよりも私のルックスに対してのコメントの方が多い時もある。

そして見事に、ダメージを受けた。その時いた彼氏からの「可愛い」よりも、世間からの「ブス」に私の心には響いてしまう。**7割の「可愛い」よりも3割の「ブス」の方が脳に残ってしまう。**

表に出る仕事は受け取り側が全てだと私は思っているからか、世間が可愛いと言ってくれれば可愛いし、ブスと言われたらブスという認識になってしまうのだ。**私はブスと認識されながら生きていくことが凄く怖かった。**

私は自分のことを可愛いと思ってたけど、これって私の勘違いだったんだと気付かされたのが全ての始まり。

「私は可愛い」と思ってたからこそ、「ブス」と言われることに対して激しいダメージを受けた。しかし、自分を「ブス」と認識すれば自分の心も傷つかないのでは？と、私は化粧をして戦闘態勢で戦うことをやめ、ずっとすっぴんで動画を撮り続け「可愛い」と思われることをやめて自らも「ブス」と言うようにしてハードルを下げた。

不思議なことに老けた？って言われるとそれを気にして本当に老けるし、ブスって言われまくると自信喪失する。こんなブスと付き合ってる彼氏も可哀想だし、ブスと言われながら表に出る仕事を続けるのもしんどい。私だって女だ、「ブス」と思われながら息したくない。

女性からのブスと男性からのブスの強さはネットといえど刺さる強さが違う。今でもあの時期って本当にブスだったのか、洗脳されていただけなのか、自分でも分からない。

でも自分の心の中で強かったのは、ブスブス言われて生きるより当たり前に可愛いと言われながら息したい。逆にブスって言われて嬉しい人っているんですか？

でも有難いことに、私が落ち込んでる理由は自分がブスだから。なので、ブスから脱却すればいいっていう明確な改善点があった。

自分のブス具合に苦しんで、ブスと思われて嫌な気持ちで生きるくらいなら、早く可愛くなって気持ちよく息したい。

ある意味、「ブス」と言う言葉が自分を補強できてるかもしれない。コンプレックスは自分をよく見てるからこそ分かる訳で、人と比べる人ほどコンプレックスを抱く。

だからこそ、ダイエットしたり美肌に力を入れたり髪を綺麗にしたり医療の力借りたり。ブスから脱却するために私は可愛くなる努力を惜しまなかった。

そして私が可愛くなったであろう時、可愛くなってもブスと言う奴は言う、ということに気づいた。中には前の方が可愛かったって言う人もいる。結果論で言ってくるけど、どうせ前のままでいたらブスだったわけだし。

しかし自分に自信が前よりつくと、「言う奴は何しても言う」と言う認識ができるようになり、その何倍もの「可愛い」に目を向けられる余裕を持てるようになった。

私なりの結論、美的感覚は人それぞれ違う。好みの顔もあれば苦手な顔もある。それはきっと、ピカソの絵を見て好き嫌いと言う感想や、食べ物のピーマンの好き嫌いと同じ感覚なのだと思うようになった。

だからそもそも、本来分かり合わなくていいのだ。自分の好き嫌いに、人を巻き込む必要性などないし、こちらも可愛いかブスか決められる必要性がない。その人の感じ方が全てでいいのだ。

なぜならそれを一生コンプレックスとして抱いてしまう子も、そのダメージで人生を変えてしまう子も、顔を変えてしまう子も沢山いるからだ。私もその中の1人だ。

まあでも、それは気にしても仕方がない。だって、そんな見た目のことを考えても老化っていうのは絶対やってくるのだから。可愛い子なんてこの世に沢山いる。いずれ衰える見た目だけを磨いて自分が30、40と歳を重ねた時に、自分には何が残っているのかってことを考えたときに、本当に大切なのは内面なのではないか?と思う。

だから見た目だけではなく中身を磨いて欲しい。内側から綺麗になれば、きっとそれが外見にも反映すると思う。

とにかく、「ブス」という言葉は思っても言ってはいけないことだ。

相手を不快にさせると分かっていることを、直接ぶつける必要は無い。

## てんちむとは／広告代理店・ＣＥＯ

僕は悔しい、イラっとしている。

今、正直てんちむさんは調子に乗っている。調子に乗りすぎていて、僕は自分を惨めだとすら感じる。彼女を見返すために何かを成し遂げなければならないとも思っている。

てんちむさんをそういう対象（悔しいと思う人間）として捉えているステータスに憤りを感じている。

なぜかというと。僕は２０１５年からユーチューブ業界に携わっていたのだが、てんちむさんのチャンネル登録数が５万人に達した時に、伸びる！と確信して数百万円？分の案件の支援を始め、「すーぱーてんちむ」というゲーム実況のチャンネルをやるように提案をしました。

そこから、４年。今、圧倒的に差をつけられてるからだ。

仕事をしている時に見下しているという気持ちは微塵もないが、僕は仕事を与えている人間で、彼女は仕事を受けてくれる人間だと思っていたのかもしれません。

ただ、今２０１９年の終わりにてんちむさんと話して思うのは、なんでこんなに差がついてしまって、ぼくは絶望感にかられているのか、だ。

てんちむさんは一言で言うと、劣等感とそれを乗り越えるリベリオンで居続ける人で、「劣等感」という言葉をてんちむさんの目の前で言えないレベルまできている。

今までいろんな人の立場や経験やそれに際して、劣等感を感じるという言葉を聞いてきたが、てんちむさんが言う劣等感という言葉は概念が違いすぎる。

劣等感というのは一時的に感じるものなのだけど、彼女はいつまでも、かつ大きな劣等感を感じてしまう人種なのだから。

具体的に言うと、彼女は某テレビドラマで大物女優と最終選考まで戦い、監督以外のプロデューサーやディレクター、大多数に認められつつも、マスメディアの企画決定の仕組み故か、最終選考で破れていたりと、これまでにもあらゆる女優と同等に渡り合っている人間です。今でも常にライバル？の成功している経験や姿を間近で見て、感じている人間なんです。

つまりは、彼女は想像を絶するくらいの劣等感を感じてしまう環境にいる人間で、もはや運命や宿命を感じてしまう星に生まれたレベルで辛い人生を送ってきた人間なのだと思います。

もし自分が彼女だったらと考えると、命が幾つあっても足りないと思ってゾッとしてしまう。

そして、彼女は劣等感と向き合いながら生きていかなければならないし、それが運命で、十字架を背負っている女性なのだと思う。

それがあってか、彼女はストイックで、どんな批判コメントがきても受け入れて、改善をし続けて、成長して、生き続けている女性だ。

# 劣等感ブースト

私のママは美に対する努力を怠らないからか、年の割に若く見えて凄く綺麗だ。そんなママに「自分の事、綺麗だと思う?」と聞くと「全然」って即答された。

なぜか聞いたら「綺麗になったと思っても上がいて、また頑張っても上には上がいる。上がすごい綺麗だからママは自分を綺麗と思えない。でも、だからこそ頑張れる」って言った。

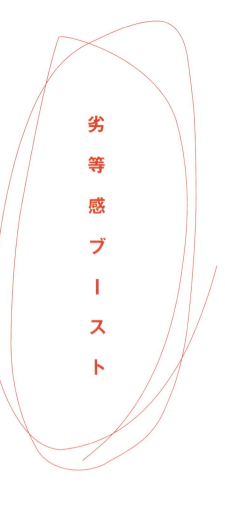

**思考は似てしまうものなのか。私も母と同じで、下を見ないでずっと上を見てしまう。**しかし上を見てしまうからこそ、いつまでも自分を認めてあげられない。そしてそれが自己肯定感の低さに繋がってるのでは？と思ってしまう。

恋愛においてもそうだ。好きになった人が他の女の子を見て「この子可愛い」っていう発言をしてくるだけで病むタイプなのだ。私じゃ勝てない、と。

世間から見たら自分の力で今の地位築いてすごいね！なんて言われることもあるけど、もっとすごい人なんて沢山いる。私はそんな人を見るたびに、激しい劣等感につきまとわれる。**不自由ではないけど心は満たされない、自分を認めてあげない限り終わりはない。**

でもね、劣等感やコンプレックスを感じてしまって落ち込んでも、それでいい。実際、その劣等感から私は息が出来ている。

悔しいから頑張れるし、満足出来ないからこそ高みを目指そうと思える。

きっと満足してしまったら、私はそこで止まってしまう。

上を見て「別次元の人」と思わずに自分が上を素直に目指せるのは、もしも昔、自分が子役のまま突き進んでいたらその位置にいれたのではないか？と思えるから。その〝可能性〟があると信じているから。

自由に生きてきたからこそ今の私があるけど、それで失ったものもある。

本当の上にいる人が持ってるものは、私が自ら手放してもう二度と手に入らないもの。

だからどんな人を見ても、レベルが違う人を見ても、

今でも悔しい思いをするからこそ、見返したくなる。

劣等感を感じるからこそ、這い上がる。

上を見れば見るほど苦しいけれど、皮肉にもそれが私の原動力になっている。

幸せじゃない
からこそ

# 頑張れる

## てんちむとは／『中学生失格』編集者・竹村さん

てんちむと初めて会ったのは彼女が16歳のとき。日焼けした肌にたしかセシルマクビーのコーデで見た目めっちゃギャルだった。

そんなギャルが「わたしブログ書いたらこれ何人が読むな、とか分かるんだよね」と言った。これはヤバいの出てきたな、とヒリヒリした。本とか出版とかの業界人でさえ、文章を書いてもどういう評判になるのかなんてまるで見当もつかないし、みんな自分の書いていることはきっと面白いに違いない、の気持ちだけで書いてきた。

インターネットでブログ書いて、その場で反応が分かる時代になって、これはすごいね、なんて言ってる間に、書く前にどれくらいのPVになるか分かるような人材が出てきたのだ。大人たちの置いてかれすぎぶりヤバい。てんちむの才能と新世代ぶりにやられた自分は本を出すことにした。『中学生失格』だ。てんちむが中学生のとき本当につけていた日記をベースに本を作ろうというプロジェクトだった。

こういった企画は割とある。でも普通は日記に書いてあることをベースにしてライターが文章を整え、自伝的小説みたく仕立て上げて発売する、みたいに処理する。てんちむのは違った。そのままでめちゃくちゃ面白かった。とりあげるテーマ、風景の描写、他人の感情の推察、強弱の付け方、すべてがハイレベルだった。しかも飾っていない感情ぶつけまくりの文章がエモすぎた。

「この日記、そのままでいいんじゃない?」

本当にヤバいとこだけ削って、ほぼそのまま出版することが決まった。書いていた日記がそのまま出版されるとか、もうほぼ文豪だ。しかもめっちゃ売れた。

本当にてんちむのポテンシャルはヤバい。当然自分はまた次の本書こうぜ、と話した。でもそれは全然実現しなかった。たぶんそのときはてんちむの中でまだ本って時代じゃなかったんだと思う。それから6年。てんちむが突然ふらりとやってきて言った。「竹村さん、私、本書きたいんだよね」。待ってたよてんちむ。いや文豪。というわけでこの本ができた。自分がみんなに見て欲しかった才能をやっと見てもらうことができる。てんちむ初めての書き下ろし。ありがとうてんちむ。これから世間にもっともっと、てんちむの文才、見せつけていこうぜ?

# リセットさんは来てくれない

こんなだった私の人生で最大のターニングポイントのひとつが小学校卒業する頃にあった話だ。

その頃、私は心の中で仕事を続けたい自分と、普通の女の子になりたい自分の両端の気持ちで揺らいでいた。

地元にいれば友達と遊びたくなって芸能をおろそかにする、でも東京に行って堀越などの芸能学校に行かせてもらえれば仕事に対する意識も変わる、そんなことを考えていたけど、中学生の一人暮らしを許してもらえる訳も、そもそも東京に部屋を借りれるような経済力も私の家にはなかった。

そんなある日の仕事帰り、駅でヤンキーの集団が溜まっているところに遭遇した。私は凄く怯えた。見た目も怖いし、何か言ってきそうだし、とにかく存在が物凄く怖かった。

でもそのヤンキーの集団はテレビで私のことを知っていて、優しく「頑張ってね、バイバイ！」と言ってくれた、なんだけど目が合えばカツアゲされるんじゃないかと本気で思っていた私は走りながら頭を下げて迎えに来てくれた母の車に飛び込んだ。

今となって、人は見た目ではないことは重々承知している。だけど、当時の私はヤンキーに偏見が強く存在も怖く、体格も立派な大人に見え、絡まれないかとか家に来ないかとか、内心ヒヤヒヤしていたのを今でも覚えている。

また、中学に上がる前はテレビに出ているからという理由だけで先輩から目をつけられ、実際中学に入学してからも私を良く思わない先輩もいた。

イジメ等はなかったけど、日々学校に行くのが怖い上に、先輩の顔色を伺い、悪いことをしていないのに何故こんなビクビクしなければいけないのか悔しい思いばかりしていた。

だから、ヤンキーが凄く怖くて苦手で、当然私は絶対に不良にならないと心に決めていた。

なのにその1年後、私は見事にヤンキーになっていた。あれ程ヤンキーに偏見を持っていて怖がっていたのにも関わらず。

答えはバカなりに考えた一種の自己防衛だった。

私は皆さんが思ってるよりも心が弱く、物凄く臆病な人間。だからこそ人一倍、周りの目を気にしてしまったり人の顔色を伺ってしまったりもする。中身がどうであろうが当時は見た目が全てという間違えた思い込みもしていた。

だからこそ、それまで何一つ文句も不満も言いだせなかった清純な見た目から一気に派手になることで、自分が過去ヤンキーに怯えたように、そうやって周りも怯えるのではないのかと、一つの手段として私に勇気や自信をつけてくれる武装だった。

怯えながら学校に行くことも、先輩の目を気にしているのも嫌だ。なら自分が強くなればいい。だって誰も守ってくれないし、自分が強くならない限り明るい未来が見えないんだから。

校則違反の見た目に対してもちろん勇気も必要だったけど、先生や親に怒られるとか近所の目とかよりも、この約一年ビクビクして学校生活を送ったり顔色を伺う生活が本当に嫌になったのだ。見た目が変わってからというもの、今までの友達は減ったけど新しい友達は出来た。気がつけば芸能活動をしている時よりも地元で皆と遊んでいることの方が刺激的で、今の見た目で普通の女の子として生きたいと強く心から思うようになった。

私の悪事はネットにも出回っていたことから事務所にも連絡が行き、何度待ってくれたり怒ってくれた事務所の優しさを理解しようともせず、何度もぶつかり合い、自ら辞める決意表明をして普通の女の子として生きる選択肢を取った。この時は事務所の皆様にも、関係者の皆様にも、応援してくれたファンの皆様にも、後先考えない私の未熟な行動で裏切るような思いをさせてしまって今でも大変申し訳なく思っている。これは一生許されないことだと思い、同じ過ちは今後は無いよう、しっかり背負っていきたい。

これまで仕事で積み上げてきたものも人も全て切り捨て、普通の女の子として過ごし2年が経った頃、私は高校1年生になった。

でも名前を書けば受かると言われていた全日制の高校すら受からず、やっとの思いで入れた定時制の学校は先輩に理不尽な理由で目をつけられ、人間トラブルで2週間で辞めることになった。それだけ聞けば凄くくだらない理由に思えるのだけど、その後の私の人生や思考を変えるほど大きいトラブルで、振り返りたくない出来事ベスト3に入る。高い入学金も無駄になり、母が入学祝いに買ってくれたセーラー服も2回しか着れなかったこと、何より理不尽なトラブルで退学を選択した弱い自分が今でも本当に悔しく、申し訳ない気持ちでいっぱいだ。

そして定時制を中退した私は、トラブルを引きずり、心も癒えず、そんな傷を塞いでくれようと元気づけてくれる友人達と毎日朝までたむろしていた。

日々、何を考えるわけでもなく、現実逃避するようなくだらない話を語って笑っての繰り返し。そんな中、今でも鮮明に覚えている出来事が。

時間は確か午前5時前後、いつメン4人とたまっていて、季節も春で少し肌寒く、友人達が移動しようと先に立ち上がり、自分も追いかけるように地べたから立ち上がった瞬間。

サァーと身体がどこか懐かしいような気持ち悪いようなゾワゾワする感覚の風に包み込まれて全身に鳥肌が立った。

友人達を見て、5年後も変わらずこんな風に過ごしてるのか、「今」はいつまで続くのか、嫌な過去を背負ってずっとこの町で生きるのか、世間で言う、普通に結婚して普通に家庭を持つのかと、将来への不安や現状の不満が一瞬にして溢れてきた。

今まで積み上げてきたものを全て切り離してまで求めた「普通の女の子」の生活。

それがよく分からない一瞬の感覚で、私は「普通に生きるのは嫌だ」と感じてしまった。いやもしかしたら、この街で自分の未来を見ることに物凄い怖さを感じたと言った方が正しいかもしれない。だから感じたままに地元を離れ、人生をリセットする覚悟を決めた。

それから、地元を捨てたと思われようがリセットするから関係ない！と割り切って、新しい電話番号に変え、1人の友人と仕事の人、そして捜索願い依頼防止に母親だけに教え、ブログで稼いできた通帳や長居できる衣類等最低限を大きいバッグに詰めて家出がてら東京へ行った。

私の快進撃はまだ先のことになるけど、〝このよく分からない感覚〟が上京のキッカケをくれたターニングポイント。霊感は全くない人だけど、あの時感じた風。もしかしたら今も地元にいて別の人生を歩んでいたかもしれないと考えたら不思議な気持ちになるし、こういうのって本当突然ふとやって来る。

これまでの話で少しお分かりいただけたかもだけど、私って自分に信頼がない。

ならないと決めた不良になって、普通の女の子になりたいと思って全て捨てて、叶えた2年後に「普通は嫌だ！」って東京出て行っちゃう。15歳の女の子なのに、高校入学で青春を楽しんでる子達を横目に半分羨ましがりながら、色々葛藤しつつもでかい荷物持って東京向かってる。

だから、人生って何があるか本当分からないし、自分自身のことを知ることも中々難しい。

私は「絶対」を自分と約束してきたのに何度も自分で裏切ってることから、**出来るだけ未来の自分との約束はしない**ことにした。断言することも、自分との約束ごとも良いと思うけど、私はそれらを守れない人間なんだなって気づいたから。物事によっては断言も大事、でも違和感で意志が変わった時には自分の首を締めるだけ。

# ヒロイン不足

この前、久しぶりに「中学生失格」を読んだら、10年後の自分へのメッセージが書いてあった。「幸せでいてほしいです」って。16歳の私は幸せになりたいって思ってたってことだ。そのあと、その本に関わってくれたお偉いさんとご飯を食べたら「お前、昔金髪にノーブラでスウェットで、家出少女みたいだったのにすごく良い方に変わったな！　なんか負のオーラが取れたよ」って言われた。いや今でもノーブラでスウェットは変わんないよな、と思いながらもそんなに負のオーラ背負ってたか？とも思った。

16歳の私は幸せを願ったけど、それはまさに「願望」で、結局私はずっと幸せを感じていないってことだ。今だってもちろん幸せを感じてないし、もし並行世界みたいなものがあって、グレずに子役としてうまくいっていた私や、芸能界やネットとも関係ない一般人として生きている私がいたとしても、どの自分だって幸せを感じていないと思う。

どの自分も不満足しか感じていない。でもだからこそ頑張れるし突っ走れるのだ。どんな世界でもどんな状況でもてんちむとして突っ走って生きる限りは幸せになってはいけないのだ。

だから結論、そのときが不幸でさえなければそれでいい。

人より優れた容姿だとか、バリバリ働いて結果出してるとか、お金稼げてるし周りの人にも恵まれてるじゃんとか、そうかもしれないけど、だから幸せだとは限らない。

今の私は不幸ではないと思う。けど幸せかどうか聞かれても即答はできない。私より優れた容姿で仕事の結果も出してて金持ってて人にも恵まれてる女優さんだっているし、でもその人が自分を幸せだと思ってるかどうかなんてわからない。幸せかどうかなんてマジで自分次第。それに後から、あーあのとき幸せだったよなーと感じてもそれは後からだからわかるわけでだいたいいつもその時は気づけない。多分そういうもの。

結局幸せなのかどうかなんて考えるだけ無駄。考えたところで生きていかなきゃいけないのは変わらないし。だから「幸せだな」って思いながら生きてもいいんだけど、私は「不幸ではないけど幸せでもねえな」って思いながら突っ走る。そういうふうに私が選んだだけの話なのだ。

# てんちむとは／友人・かねこあや

橋本甜歌を知っているだろうか。

私はこの10年、橋本甜歌という可憐《かれん》で儚《はかな》さを纏《まと》いながらも強さと脆《もろ》さを持つ女と人生の半分とも言える時間を共有してきた。

しかし私は橋本甜歌を知らないのだ。まるで分かったような口ぶりで、メディアやインターネットに彼女の事を発信するが、橋本甜歌という女を、人間を知る事などおおよそ無理なのだ。

さて、なぜ親友と言われ人生のおおよそを共有してきた私が、橋本甜歌を知らない、と主張するのか。

彼女は自己プロデュースの天才だからだ。

常に自己をアップデートし続ける事で生きていける数奇な才能と哀《かな》しい性《さが》を持つ人間だからだ。

私が彼女に出会った10年前、彼女の口ぶり、表情、仕草、派手な見た目や過激な言動に反してまるで死んでいた。メディアが作る彼女の輝きなんて全てが嘘かのように彼女は彼女として死んでいた。鈍さとも闇とも違う、誰も傷つけないが私の中の何かを抉《えぐ》る何かを纏《まと》う、そんな彼女に一瞬で惹き込まれた。それが第一印象であった。

ただただ彼女の纏《まと》うそれの正体を知りたくて、何がどう彼女を殺して、何がどう彼女を今生かしているのか、彼女の生まれる前から今までを知りたかった。

しかし甜歌はそう簡単に甜歌が纏《まと》う『死』を見せてはくれなかった。

当時の甜歌は、その時誰が何を、どんな答えを、空気を、表情を求められているかを察知してみんなが求める『てんちむ』であろう、『てんちむ』としての100%の答えをいつでも返していた。

でも、その度に『てんちむ』はどんどん色を放って輝いていき、『橋本甜歌』はどんどん色を失い、荒み、鈍り、光を失っていっているように見えた。

甜歌は生と死、相反するモノを同時に持ち、生きている。

私は、それから『橋本甜歌』を探し続けた。私にとって『てんちむ』などもうどうでもよかった。

勝手で自己中心的な思いだとは思うが、『てんちむ』の影で殺され続けている、きっとまだ私の知らない、誰も知らない『橋本甜歌』に会いたくなったのだ。

そして唐突に、彼女がタトゥーを彫った。

背中の真ん中、肩甲骨より少し内側。『天使』と『悪魔』の羽が刻まれていた。

当時の彼女にデザインの意味を聞いても、なんだか漠然としていて靄《もや》がかった言葉だけが並び、「なんとなく。可愛いから。」そんな様な事を言っていた。

私もそうか、可愛いね！とだけ返したが、今なら私はあの時甜歌にもわからなかったデザインの意味がわかる。

あの時私が感じていた橋本甜歌に存在する『生』と『死』、相反するもの。『天使』と『悪魔』が甜歌の体に刻まれた。

甜歌はわかっていたんだろう。対極にあるべきはずのものが一つしかない自分の中に存在している事。それが苦しい事。きっといつでも、瞬きをすれば次の瞬間には消えていなくなってしまいそうだった、甜歌が纏《まと》っていた儚《はかな》さは、きっと甜歌自身がいつだって消えてなくなってしまいたかったからだろうと思う。

私が第一印象で甜歌に感じた不思議な直感や、惹かれた何かの正体は甜歌の中にある相反する二つの自分自身に苦しむ甜歌の生に対する欲求と破滅願望だったと思う。

冒頭で甜歌は自己プロデュースの天才だと話したが、これ以上に甜歌を表現できる言葉は現状無いと思っている。常に自信をアップデートさせる途方も無い行動と努力を続け続ける事ができる人間だからである。

橋本甜歌を言葉で推し量る事など到底誰にもできない。

何故なら、甜歌を言葉で表した次の瞬間からもう違う橋本甜歌になっているからだ。

そんな甜歌を今の私は時たま「マグロ」と表現するときがある。

甜歌はアップデートが出来なくなると死ぬからである。

出会った時に甜歌に感じた死の答えはこれだ。

止まると死んでしまう。

止められると死んでしまう。

そこに留まり続けてみようとすれば、みるみる息が出来なくなっていく。

そんな人間なのだ。

この10年、私は初めて会った時から今まで一度も甜歌から意識が無くなったことなど無い。

10年間飽きることなく惚れ続けているのだ。


甜歌はきっとこれからも、背中に刻んだ天使と悪魔と生き続け、生き続けるために自身の破壊と創造、革新を求めることをやめないだろう。

数奇な生き方しか出来ない不器用な橋本甜歌。

これほどまでに愛おしく思える友人などこの先見ることもないだろう。

そして甜歌が甜歌として生きるために続けている革新で生かされている人間はたくさんいるが、私もそのうちの一人なのだ。

そして、橋本甜歌たる人間を知れる時が来るのは、甜歌の細胞が、肉体としての命が尽きた時だろうと思う。

私は橋本甜歌を知らない。私は橋本甜歌を知りたい。

だからその日まで、ずっと、側で見つめ続けたいと思っている。

# ラッキーストライク

私、「人生」単位で見たときに、目標や夢がない。そのくせ、仕事では「目標を持て」なんて言っている。

何故、人生の夢や目標がないのか。

それは私が人生で希望を抱くことが怖いからかもしれない。

「生きてて地獄」と感じてしまうことが多く「死ねないから生きている」という感覚に近い。

未来のために頑張っても、未来の自分はいつも苦しんでいるのだ。お金をいくら稼いだって、財産が増えたって、全然幸せじゃないじゃないか。なんでいつまでもいつまでもこんなに苦しいんだって。

幸せを幸せと感じられないこと、満足できないこと、自分を認めてあげられないこと。私はそんな自分と付き合っていくのもウンザリだった。

何と戦ってるか分からないまま走り続け、他人と比べては比べられ、いつも自分のことを「まだまだ」としか思えず終わりがない。それが悔しくて、時に恥ずかしい。

人生において目標を持ってしまったら、「生」に執着してしまう。ゴールがあるから目指してしまうし、クリアしてしまおうとしてしまう。もし叶えられなかった時は、きっとそれは悔しくて悔しくてこの世に未練を残してしまう。そんな気持ちでいることが怖い。

でも結局死ぬまでは生きなければならないわけで、私はそのプロセスをなるべく無事に過ごすための方法として「仕事」を中心に置くことにした。

仕事はゲームに例えれば途中にいくつかある「イベント」だ。それらをクリアしたってゲーム（＝人生）をクリアすることにはならない。

多くの人はゲームをするときストーリークエストをコンプリートしたりクリアしたりすることを目標にすると思うけど、私はイベントクエストを一生繰り返してる。

最近「マンションを買う」というクエストを始めた。でも、そのクエストをクリアする方法が見えてしまったとたん、それをクリアしたから何になるの?という気持ちになっている。マンションが本当にほしい訳ではなく、あくまでも「仕事を頑張るため」に買ったからこそ次の目標が無い。

これ以上の目標は何がある?何に満足出来る?自分のために頑張れない?そんなことを考え自分自身に絶望し、人生単位の目標がないのに、そもそも何故頑張る必要があるの?私、何と戦ってるの?と結局はなってしまう。

だからこそ「人生の本当の夢」を設定して、夢を叶えるための「手段が仕事」。

それはわかってるんだけど、自分にはどうしてもできないから燃え尽き症候予備軍のような感じになってしまっている。

きっと承認欲求の塊で、認められたくて、そして自分を認めたい。心の底から自分を好きになりたい。それが本当に難しくて、出来ないジレンマに悩まされ、苦しいのかもしれない。自分を主軸に生きているからこそ、奇しくも物や人では満足出来ていないのだ。

「愛で解決するのでは？」と言われることもある。

しかし「絶対に揺るがない愛」を貰ってしまっても、私が苦しくて耐えられなくなってしまうのだ。「人の愛」に対して信用も出来ない。それはきっと私が何度も自分を裏切り、そして本当に心底、私を愛せていないからだ。

## 全ては「自分を愛せない」のが元凶。

だから限りがなくて、いつでもいつになっても満たされない。そして神は永遠に私に劣等感という試練を与え、その試練に幾度と自分が気づいてしまう。

だから、もしかしたら私の人生においての夢は、「自分を好きになること」かもしれない。

その手段が「仕事」しかないから、こうして執着してしまうのだ。

こんな自分を作り上げたのも自分。私とうまく付き合って生きていくには今はこれしかないのだ。でもやりようあるだけありがたい。やっぱ生きててラッキーだ私。

私、息してる？

2019年12月13日　初版第1刷発行

著者　てんちむ
発行人　後藤明信
編集人　竹村響
編集　大崎安芸路（Roaster）
発行所　株式会社 竹書房
〒102－0072
東京都千代田区飯田橋2－7－3
電話　03－3264－1576（代表）
http://www.takeshobo.co.jp
印刷所　凸版印刷株式会社

落丁・乱丁の場合は弊社までお問い合わせください。
定価はカバーに表示してあります。

ISBN 978-4-8019-2088-0 C0093

［contact］
豊島　03-4334-6765
oblekt カスタマーサービス　03-6365-4243
SUSU PRESS　03-6821-7739
ランチフィールド　03-6794-3470
somnium　03-3614-1102

［撮影］
藤井由依（Roaster）

［ヘア&メイク］
YUZUKO／カバー・巻頭

［スタイリング］
西辻未絵（Dear World）／巻頭

［ブックデザイン］
小口翔平（tobufune）
喜來詩織（tobufune）
岩永香穂（tobufune）
永井里実（tobufune）

［DTP］
陳彦伶（Roaster）

［編集］
田中朝子（Roaster）